为了可爱的中国

新型职业农民与他们的农业强国梦

方鸿琴 / 编著

中国出版集团 | 全国百佳图书
中国民主法制出版社 | 出版单位

图书在版编目（CIP）数据

为了可爱的中国：新型职业农民与他们的农业强国梦 /
方鸿琴编著 . — 北京：中国民主法制出版社 ,2024.1
ISBN 978-7-5162-3512-6

Ⅰ . ①为… Ⅱ . ①方… Ⅲ . ①纪实文学—中国—当代
Ⅳ . ① I25

中国国家版本馆 CIP 数据核字 (2024) 第 036090 号

图书出品人：刘海涛
出 版 统 筹：石　松
责 任 编 辑：刘险涛　高文鹏

书　　　名／为了可爱的中国：新型职业农民与他们的农业强国梦
作　　　者／方鸿琴　编著

出版·发行／中国民主法制出版社
地址／北京市丰台区右安门外玉林里 7 号（100069）
电话／（010）63055259（总编室）　63058068　63057714（营销中心）
传真／（010）63055259
http: // www.npcpub.com
E-mail: mzfz@npcpub.com
经销／新华书店
开本／ 16 开　710 毫米 ×1000 毫米
印张／ 13　字数／ 211 千字
版本／ 2024 年 1 月第 1 版　　2024 年 3 月第 1 次印刷
印刷／北京新华印刷有限公司

书号／ ISBN 978-7-5162-3512-6
定价／ 88.00 元
出版声明／版权所有，侵权必究。

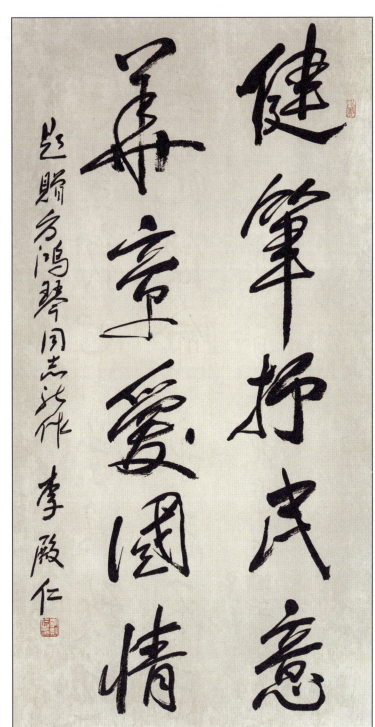

健笔抒民意

弄意爱国情

远赠方鸿琴同志光作

李殿仁

李殿仁

中国人民解放军国防大学原副政委兼纪委书记、教授、中将

第十一届全国人民代表大会常务委员会农业委员会委员

祝贺方鸿琴新书出版

守望初心　学以致远
牢记使命　永志不忘

癸卯秋月于北京　汪懋华

汪懋华

中国农业大学信息与电气工程学院教授，中国工程院院士
国际欧亚科学院院士，联合国粮农组织农业工程专家组成员

祝贺方鸿琴老师新书付梓

中国农业各个领域涌现出的创新型人才是新型职业农民的杰出代表，是乡村振兴的根基。

癸卯秋月于北京 张晓山

张晓山　中国社会科学院学部委员，第十一届、十二届全国人民代表大会常务委员会农业委员会委员

用中国式现代化

推进农业强国建设

王石奇

二〇二四年元月

王石奇

中央财经领导小组办公室农村组原副局长、巡视员

国家信访局党组原副书记、副局长

国务院原参事

培养新型农民创新现代产业振兴乡土文化坚持同舟共济是我国实现乡村复兴必由之路

壬辰忽培元题

忽培元

中国作家协会会员、中国书法家协会会员

第四届、五届中国传记文学学会副会长

国务院原参事

祝贺方鸿琴老师新书付梓

新时代 新征程
新农业 新农人

癸卯秋月于北京 汤敏

汤敏

国务院原参事

序

农为邦本，本固邦宁。人类历史中，农民和农业的重要性不言而喻，对于我国而言更是如此。如今，在农业强国建设的大背景下，农民的发展将成为强基固本的关键，新型职业农民的出现正如一汪新的活水源头。习近平总书记曾指出，"农村经济社会发展，说到底，关键在人。要通过富裕农民、提高农民、扶持农民，让农业经营有效益，让农业成为有奔头的产业，让农民成为体面的职业"。此后，习近平总书记又用"爱农业、懂技术、善经营"这九个字提纲挈领地概括了新型职业农民的特点。

"爱农业、懂技术、善经营"的新型职业农民，必将对我国农村经济社会的发展发挥重要作用。新型职业农民的培育，对于尊重人的个性和选择、实现劳动力资源在更大范围内的优化配置、激发从业者的积极性和创造性，以及弘扬"创新、协调、绿色、开放、共享"的发展理念等有着重要的现实意义。《为了可爱的中国：新型职业农民与他们的农业强国梦》一书旨在学习贯彻习近平总书记关于"三农"工作的重要论述和重要讲话精神。本书通过讲述10位极具代表性的新型职业农民的故事，从他们的理想追求，从他们植根大地的成长史，从他们艰苦卓绝的奋斗历程，全面展现我国当代各发展阶段的农耕文化与精神及其在国家现代化建设中所发挥的作用，彰显勤劳、朴实、肯干、坚忍和勇敢的新中国农民形象；通过讲述不同区域、不同从业类型的新型职业农民经典案例，展现他们在精神

品质的守正中不断创新生产经营模式的昂扬姿态。本书力求以鲜活生动的笔触讲述中国新型职业农民的先进事迹，推广"传统农业＋科技"的新发展模式。

本书讲述的新型职业农民，有来自广西壮族自治区从事黑山羊养殖的刘入源、吉林省从事稻蟹综合种养的刘双、浙江省从事人类非物质文化遗产龙井茶种植的李卫东、云南省从事芒果种植的邹杰、福建省从事海鳗立体养殖的陈建坤、四川省从事绿色生态农业的杨晓凌、辽宁省从事玉米大豆种植的赵玉国、甘肃省从事电商服务业的康维起、河南省从事小麦花生种植的黄磊、北京市从事蔬菜种植的韩永茂等 10 人。他们致力于为农业结构调整、绿色发展、转型升级探索新路子，示范引领农村新产业、新业态、新机制，以事实说话，让农民这一职业变得有底气、有魅力，让农业这个产业变得有活力、有奔头，让农村这方热土变得有生机、更美丽。

新型职业农民在中国大地上的出现，将一改千百年来人们被动务农的惯性，赋予当代农民新面貌和新形象，赋予当代中国农村新活力。历史潮流奔涌向前，我们要牢记"关键在人"这一铁律，新型职业农民必将成为中国当代农业生产中的耀眼新星，为农村经济社会发展赋能聚力增效。

目录

CONTENTS

为了可爱的中国
新型职业农民与他们的农业强国梦

第六章　杨晓凌　以绿色生态推动产业辐射的种粮人

第七章　赵玉国　挚爱黑土地　科学种玉米

第八章　康维起　从果园到舌尖，他是最美电商奋斗者

第一章

刘入源
燃起自立火炬　做老百姓致富的领头羊

在广西博白县桂源农牧有限公司的一间办公室里，刘入源正耐心地给一位养殖户讲解黑山羊的养殖技术。他的脸上带着自信的光芒，用当前流行的网络语来讲，"这是一位眼里有光的人"。作为广西博白县桂源农牧有限公司企业负责人，虽然他失去了右手，却身残志坚、不畏艰辛，在全县率先探索黑山羊的养殖技术，破解了规模养羊的难题，不仅成立了广西唯一的集研究开发山羊品种改良、生产、繁殖及供销一体化的大型养殖基地，还带动当地 300 多名残疾人、1500 多名贫困户养殖黑山羊脱贫致富。

刘入源参加全国脱贫攻坚特别节目

　　每个进入刘入源办公室的人都会感叹这位生活的勇士。他如同泰戈尔诗中所写的那样，"生活以痛吻我，我却报之以歌"。作为广西博白县桂源农牧有限公司总经理的他，每日在养殖场里忙忙碌碌。但是在这位有志青年的身后，是无数金光闪闪的荣誉。刘入源曾当选第十三届全国人民代表大会代表，接受过党和国家领导人的接见。2018年1月，他荣获人力资源和社会保障部、农业部联合授予的"全国农业劳动模范"称号。2019年9月20日，荣获2019年全国脱贫攻坚奖奋进奖。2020年4月，入围第24届"中国青年五四奖章"，4月28日，共青团中央、全国青联决定授予刘入源第24届"中国青年五四奖章"；同年4月，刘入源荣获"全国科技助力精准扶贫2019年度先进个人"称号；11月，刘入源及家人被评为第二届全国文明家庭。

　　2020年12月28日，中共广西壮族自治区委员会、广西壮族自治区人民政府表彰刘入源及家人为"第二届自治区文明家庭"。2021年2月25日，党中央、国务院决定授予刘入源"全国脱贫攻坚先进个人"称号；同年6月，他被中共广西壮族自治区委员会公示为广西壮族自治区优秀共产党员。在这些荣誉的背后，是无数艰辛与汗水书写的青春。

人生惊变　手残志坚

1983 年 8 月，在广西壮族自治区玉林市博白县江宁镇长江村，一个小男孩降临人间。父母对他满怀期待，希望他将来能拥有幸福顺遂的人生，给他起名为刘人源。刘人源很小就展现出聪明的天赋，虽然他出生在这个当地有名的贫困县，但是他却总能在生活中寻找到属于自己的乐趣。

儿时的刘人源经常和小伙伴一起去山坡上看当地农民放羊。在当地，养羊只是为了贴补家用，数量也不会多。有时候一家仅有一两只，很少有成群的羊在他的面前出现。有一次，小伙伴在聊天，谈及未来的理想，有的想当医生，有的想当科学家，还有的想成为一名教师……当大家问及刘人源的理想时，他笑呵呵地盯着眼前不远处的一只羊说："将来，我要养很多很多的羊。"小伙伴们一下子哄笑起来，大家追逐打闹，嬉笑声回荡在山谷之中。

后来回忆起这件事，刘人源明白那只是儿时的一句玩笑话。那些快乐的回忆，填满了他的童年时光。但是人生的意外，总是在不经意间猝然降临。

万万没有想到，刘人源正在憧憬着美好未来生活的时候，一场突如其来的变故发生了。

1999 年 5 月 16 日，星期天，中午时分，博白县江宁镇长江村的小河畔宁静如常。突然，一阵巨大的爆炸声打破了村庄的宁静，随后 16 岁的刘人源倒在了血泊之中。

原来，刘人源去江边炸鱼的时候出了意外。他的面部、身上和手，受到了不同程度的损伤，最严重的是，他的右手手掌已经被炸烂，血肉模糊。

当母亲朱秀娟看到孩子的手被炸成那样，立刻泪如雨下，差点崩溃。但是，朱秀娟仍以最大的耐心鼓励刘人源："你要站起来，不要紧的，反正人家做到的，你要做到，你在想什么，在这里想清楚。你做不到的，可以尝试着学习。"

在父母、老师和同学们的鼓励下，刘人源重新拿起笔。他慢慢地开始尝试着改变。

那场意外，给他留下了终身残疾，一位风华正茂的年轻人，从此变成了四级残疾人。

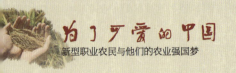
在家人看来，这是一场塌天大祸。在刘入源不注意的时候，他们用怜爱的眼神盯着刘入源，在家人的心目中，这个孩子或许将来连糊口都困难。无数个夜里，家人用哀伤的语气感叹：实在不行，咱们养他一辈子好了。

但是在要强的刘入源看来，这并没有什么大不了。他咬着牙，忍受着众人看到他时诧异的目光，对那些背后嘲笑自己残疾的话语充耳不闻，咬着牙从生活的泥泞中站了起来。

做"羊财梦" 笑对人生

"别人能够做的，你也要能够做到。别人不能做的，你要做得更好。"要强的刘入源，无数次从心里告诫自己。从失去右手的那一刻，他的思想发生了质的蜕变，整个人变得成熟起来。左手，成为他坚强的伙伴。刘入源开始尝试着用左手吃饭，用左手穿衣服、穿鞋子。当然，学习他也没有落下。在经历了短暂的一阵沮丧之后，他重燃斗志，以昂扬的姿态重新出现在课堂上。

老师惊讶地发现，这场巨大的人生灾难，并没有击垮这个有志少年。即便他只有一只手，仍能写出流利的语句，按时完成作业，获得优异的成绩。很快，随着中学生涯的结束，刘入源以优异的成绩，考入了广西容县卫生成人中等专业学校，并顺利地拿到了毕业证书。

在父母的眼中，这已经是一个巨大的奇迹。但是在刘入源看来，取得这样的胜利，并不是他人生的全部。他不想守着一份平凡的工作，平平淡淡地度过一生。他有更大的理想和抱负。中专毕业之后，他卖过保险，开过茶叶店，但是这些都不是他喜爱的工作。他渐渐在心中萌生了一个大胆的想法。当刘入源把自己的想法告诉家人的时候，父母竟然异口同声地表示了反对。原来，刘入源打算进入养羊的行业，自己发展养殖业。

在农村人看来，养羊可不是什么高尚的职业，但刘入源有自己的想法。

刘入源的行动，并不是一时冲动。在作出这个决定之前，凭借自己在学校学

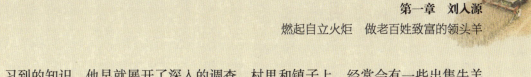

习到的知识，他早就展开了深入的调查。村里和镇子上，经常会有一些出售牛羊等牲畜的集市，他曾无数次了解那些牲畜的价格，向养殖的农户打听养殖的方法，计算养殖的成本。三番五次下来，他发现当地市场上，羊肉的价格最稳定，同时还是猪肉的 3 倍。再加上当地村里的自然环境良好，植被丰富，非常适合羊的放养，所以他决定放手一搏。

2009 年，刘人源决定去外地购买小羊羔，开始自己的创业之旅。当他和家人商量着拿钱去实现自己的梦想时，家里人坚决不同意。邻居和乡亲听说之后，半开玩笑地说："你这不是做'羊财梦'吗？好多有手有脚的人都养不好，你一个残疾人就不要再逞能了。"父母的反对，乡邻的议论，并没有浇灭他的梦想之火。他认准了这条路，决定就此启航。

从事养殖　艰难启程

开始父母不同意他养羊，但是刘人源反复向父母讲解，这是一个市场广、收益好的项目。

他拿出一份从村委会借来的税收宣传册，告诉父母，现在农民自产自销农产品可以免税，他说正是由于这个政策，才让自己萌生了通过养羊创业自强的念头。"免税，直接减少经营成本，这对于初期创业者而言，是一项难得的政策扶持。"刘人源说。这么好的机会，他不想错过。

在刘人源的软磨硬泡之下，父母最终点头同意了。刘人源所在的县是有名的贫困县，这个贫困的家庭所能拿出来的积蓄自然也是微薄的。

当父母郑重地把家里所有的积蓄 3.5 万元拿出来的那一刻，刘人源瞬间明白，自己的肩膀上担负起了整个家庭的希望。刘人源带着这笔"巨款"前往外地采购黑山羊。当他看到那一只只活泼可爱的小羊时，他心中燃起了希望之火。他再三确定自己的想法是正确的。怀着雄心壮志，他带着 31 只黑山羊回家了。

欢快的咩咩声回荡在整个小院里。在用木柴围起的简陋羊圈里，30 只母羊和

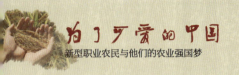
1只公羊在里边撒着欢。刘人源精心地制作了一块牌子，写上"桂源山羊养殖场"几个大字，郑重地挂在了养殖场的门口，开始追寻自己的"羊财梦"。

可是生活的灾难再一次向他袭来。尽管刘人源精心地喂养黑山羊，每天奔忙为羊割最新鲜的青草，付出最精心的照料。但是，由于缺乏养殖经验和技术，没想到短短一个月，羊一只只都病死了。

他伤心地将这些病羊埋到山上。当时有人看到这个场景，劝他说："人家好手好脚也养不好，你能养吗？你没有技术，你不要养了，跟人家学养猪好一点。"可是刘人源想：健全人一天能做的事，他不信自己十天做不了，健全人一次能做成的事，他不信自己一百次还做不成！

拜师学艺　苦心积累

养殖技术不是一朝一夕就能学会的。此后，刘人源又拿出了在学校学习的那股劲头，认真地开始学习养殖技术。他买来了一堆堆相关书籍，摆在案头，白天看，晚上也看，手上总是捧着一卷书在那里揣摩。

同时，刘人源还托亲戚朋友介绍，去养殖专业户的家中学习取经。质朴的乡亲看他认真的样子，也被深深地感动了。他们手把手地教他怎么拌饲料，怎么照顾小羊，在放牧的时候应该注意什么，在羊生病的时候应该注意什么……这些知识和经验，一点一滴地被刘人源记在了心里，并付诸实践。但是有些经验，光靠别人言语教学并不能真正掌握，实践才是通向成功的必修课。刘人源把学到的知识融会贯通，一点一点地去磨炼自己，细心地积累自己的养殖经验。

刘人源又重新买了一群羊。只是从那之后，刘人源是跟羊一起住的，羊在草上睡觉，他拿着一张竹椅睡在羊的旁边；羊吃草的时候，他也捧着一只碗蹲在旁边陪着羊一起"吃"。功夫不负有心人，一年之后，30只羊变成了130只，他在最好的商机卖掉，赚到了13万元。也正是在这一年，刘人源认识了一位清秀的姑娘彭凤。他对善良的她心生爱慕，两个人相爱了。彭凤看到了他的勤奋肯干，她觉得与这个人结婚，一定能过上幸福的生活。

2011年11月18日，两个人正式登记结婚。而刘入源也在这一年开始对自己的养殖场升级换代，他贷款20万元，引进了52只努比亚黑山羊，成立了玉林市最大的努比亚黑山羊养殖基地。为了提高品质，刘入源自创喂羊方式，两年时间，52只努比亚黑山羊发展到了400多只。到2016年，他的养殖场以1600只种羊、700多只肉羊的数量，成为广西同行业之冠。在取得了一定成绩之后，他开始思考，如何通过养羊，实现更好的发展。

刘入源成立的桂源农牧有限公司规模化养殖场内景

2014年，他正式成立了桂源农牧有限公司，走上了规模化养殖之路。由于投资较大，资金十分紧张。"在这个关键时刻，经过税务部门的指导，公司享受到近4万元的小微企业税费优惠，顺利度过了困难的起步阶段。"说起这一点，刘入源至今难忘。

几年来，养羊路上几经坎坷，刘入源都坚持了下来。他积极向上、永不服

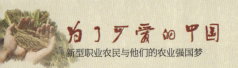

输、勇于拼搏的精神感染着周围的乡亲。村里头出了个"养羊大户"，乡亲们既惊奇又羡慕。眼看着公司效益越来越好，自己的生活也越过越滋润，一个念头又在刘入源心里扎下了根："我的日子慢慢好了起来，但乡亲们还穷着，那可都是关键时刻帮过我的人。我要带着他们一起发'羊财'。"

刘入源与合作社的人一起劳作

说起带领群众致富的故事，刘入源感慨颇深。在他看来，贫困群众要想摆脱贫困，首先要从精神上"站"起来。

在合作社成立之后，由于刘入源一个人照顾这么多的羊忙不过来，于是他在养羊初期就动员周边的乡亲们跟自己一起养羊。起初，大家说什么也不愿意配合他，甚至有人说话也不客气。有个大叔说，人家好手好脚都养不活，你一个残疾人，只有一只手，怎么能养，你连自己都养不了。

如果是别人听了这话，肯定会气得当场跟对方翻脸，但是刘入源并没有这样

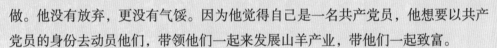

做。他没有放弃，更没有气馁。因为他觉得自己是一名共产党员，他想要以共产党员的身份去动员他们，带领他们一起来发展山羊产业，带他们一起致富。

在刘入源的邻村，有一位叫李成德的农民。李成德是通过乡亲们介绍认识刘入源的。当时，他正处在人生的困境之中。2016 年，李成德的父亲因病去世，母亲卧病在床，弟弟需要读书。李成德家里非常穷，穷得吃到菜都是盐巴。他只好每天捡一些干柴去卖。

但是随着社会的发展，人们渐渐地不再采用烧柴火的方式来做饭了，于是李成德的日子也变得更加难熬。在穷日子煎熬的李成德有一天找到了刘入源，表示想加入刘入源的养羊事业。

面对李成德的恳求，刘入源认真地问他，你有信心养羊吗？只要你有坚定的信心，就一定会有希望。李成德郑重地点了点头。

当时，刘入源决定先赊给他 6 只小羊羔试试。想到李成德一贫如洗，刘入源只是象征性地收了他 50 元钱。李成德欢天喜地地领着 6 只小羊回家了。

从此，李成德每天天不亮就起床，照料这些小羊羔，给他们弄草和饲料，清理羊圈。遇到养殖上的问题，他就跑来向刘入源请教。刘入源总是耐心地给他传授经验。渐渐地，李成德的羊群数量不断地增加。到 2016 年底的时候，他把羊卖掉一些，第一次过了一个丰衣足食的春节。

几年以后，李成德成了当地远近闻名的养羊大户，盖起了三层小楼，也娶了老婆、生了小孩，日子过得红红火火。

另一位村民蔡娟，也是通过刘入源的帮助，摆脱了贫困。她对刘入源心存感激，经常把自家地里新鲜的蔬菜采摘一些给刘入源送过来。

像李成德、蔡娟这样的例子比比皆是。他们在刘入源的帮助下，都借助养殖黑山羊，奔上了致富路，过上了小康生活。

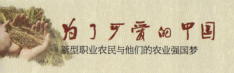
养羊协会　精准脱贫

　　经历了一番曲折的创业过程，刘入源心里明白，要想带着乡亲们彻底地摆脱贫困，就要把自己的事业做大做强。这一宏大的梦想，是需要技术和实力支撑的。如果只是单纯地养殖或采用简单的喂养模式，那致富之路很难走得长远。先进的技术才是核心竞争力。除了养羊，还要拓展销售市场。为了让自己家的羊肉卖得更好，还要尝试对现有的品种进行改良。一套"组合拳"打下来，刘入源的养殖场越来越符合现代企业的特征，渐渐成长壮大为一家现代化的养殖基地。

刘入源向前来参观的学习者讲解山羊养殖技术

　　在此期间，刘入源也在积极思考如何带领乡亲们致富。经过深入走访贫困户，多方了解，他认识到：缺资金、缺技术、缺信心是许多贫困家庭难以脱贫的重要原因，而资金、技术问题一旦解决，"穷"怕了的贫困户"富"起来的激情就很容易被点燃。刘入源不断思考尝试，渐渐地摸索总结出"自主经营""托管代养""入股分红"等产业扶贫"三大模式"。通过"自主经营"模式，让贫困户全程在公司指导下自主发展山羊养殖获取利润的最大化；通过"入股分红"模式，让贫困户直接将产业扶持资金注入公司就可以获取固定的利润分红；通过"托管代养"模式，让贫困户通过"联户寄养、利益共享"的办法获取比"入股分红"更大的利润分红。

2011 年 11 月，由于之前的杰出表现，刘入源光荣地加入了中国共产党。

2012 年，刘入源在江宁镇成立了广西博白县桂源农牧有限公司，创办了广西唯一一家集研究开发、品种改良、生产、繁殖及供销一体化的大型山羊养殖基地，该基地还被确定为全区标准化种羊示范基地。就这样，从血本无归到产值过千万，他的"羊财梦"破而复圆。在他的指导和帮助下，813 户贫困户实现了年均增收 2 万元以上，曾经的贫困户现在很多已经成为当地养羊大户，家家盖起了小楼，日子越过越红火。

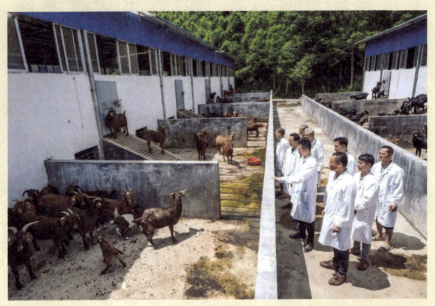

刘入源向前来参观的学习者讲解山羊培育技术

作为一名共产党员，刘入源时时刻刻以党员的标准严格要求自己。在刘入源看来，之所以能有今天的成绩，与党的关怀和国家的致富政策是分不开的。如何借助党员的凝聚力，把乡亲们紧密地团结起来，这是摆在他面前的一道难题。在经过一番认真思索之后，他找到当地相关部门，讲出了自己内心的想法。听了他的想法之后，相关部门立刻给予大力支持。最初，刘入源组织了一个养羊协会，

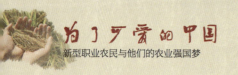
吸收了很多群众加入。后来，他渐渐地开始依靠党组织的力量，大力发展党员加入养羊协会。

刘入源成立的养羊协会党支部正在组织学习党和国家的相关政策

就这样，在当地党组织的帮助下，刘入源成立的养羊协会建立了党支部，他当选为支部书记。有了这个"主心骨"，当地群众对养羊致富的信心倍增。协会起初采用"公司＋农户"的发展模式，对于一些缺乏技术、资金的困难群众，采取"四提供一回收"（即免费供种、供料、供防疫、供技术指导并实行保价回收），待困难群众盈利后再扣除成本的办法，带动乡亲们实现增收。正是刘入源这种无私资助的做法打动了一大批困难群众，加入养羊协会的人也越来越多。

在搞好养殖事业之余，刘入源对党和国家的政策极为关注，经常收听广播，看报纸，浏览网站，了解相关重大政策和信息。随着中央作出脱贫攻坚的重大决策部署，向全社会吹响了打赢精准脱贫攻坚战的号角，身为共产党员的刘入源更是积极响应中央号召，主动挑起重担，把群众的事当自家的事，谁家缺资金，他担保贷款；谁家的羊该打疫苗了，他第一时间进行技术指导；谁家的羊该出栏了，他第一时间帮助联系销路。村民感慨地说，刘入源是带领村民致富的"领头羊"。

近年来，广西博白县桂源农牧有限公司的经营逐渐步入正轨，建立起山羊养殖示范基地，通过自主经营、入股分红、托管代养、村企合作等产业模式，带动农民养好"致富羊"。不仅如此，在减税降费政策的扶持下，该公司规模持续扩大，除了扩大山羊养殖、引进鹌鹑养殖外，还建立了冷链库，推进冷冻物流配送等项目。

刘入源为群众开展专题党课讲解

2016 年的一次专题党课讲解之后，刘入源陷入了深深的思考。他觉得，到了为残疾人做些什么的时候了。不久，他加入了广西壮族自治区残联的"残疾人阳光扶贫项目"，承诺一年带领 100 名残疾人致富。目前，这个项目已经做到第四期，已成功带领几百名残疾人脱贫致富。刘入源建立了以农家党校、养羊协会和协会党支部为依托，"公司＋合作社＋农户"为载体的产业化经营模式。在刘入源的示范带动下，黑山羊养殖已成为博白县的扶贫特色产业之一，并入围广西县级现代特色农业示范区。

除此之外，刘入源还热心教育事业。2017 年 9 月 2 日，在玉林市博白县江宁镇第二中学，一个阔别母校 17 年的校友，回到了这里。他便是刘入源。他给同学们带来了自己的励志故事。望着台下一张张稚嫩的脸庞，他自信满满，鼓励每一位同学都要鼓足勇气，勇敢地面对生活的磨难。

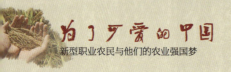

企业的发展从来不是一帆风顺的。2020年受新冠肺炎疫情影响，原材料成本不断上涨，刘入源的公司经营压力非常大。当时，如果资金链断裂，将直接影响公司产业链下300多名残疾人及520多个脱贫户的就业和收入。

就在刘入源焦虑不安的时候，税务部门主动登门拜访。他们对当前企业面临的困难进行了了解，接着就派遣"春雨润苗"党员服务专员，辅导刘入源所在企业充分享受小微企业税收优惠等政策，还通过"税银互动"贷款，让公司迅速获得了460多万元的流动资金，帮助刘入源的公司顺利渡过了难关。

刘入源深知，脱贫不是终点，而是他和乡亲们新生活新奋斗的起点。在成功探索产业扶贫"三种模式"后，他始终冲在前、干在先，把培育产业和乡村振兴相结合，采取"村集体投入资金建基地、公司投入技术并负责经营管理、村企共同持股共负盈亏"的办法，建立"村企合作"基地，实行"村企合作"，将"三种模式"复制到养鸡、肉鸽、鹌鹑、菠萝蜜种植等行业，新建立起了桑葚、内循环高密度养鱼、肉鸽养殖、柠檬种植等30多个"村企合作"示范基地，形成了一个致富带头人创业带富示范群，帮助各村村集体经济实现保值增值。共吸纳29个贫困村以提供服务的方式与公司合作，累计给村集体经济分红250多万元。

刘入源为刚出生的小羊羔进行体检

同时，刘人源在博白县旺茂镇、国家级贫困县巴马县分别投资 8000 万元、5000 万元建设标准化养羊基地，建设冻库项目，完善"养殖—加工—销售"等完整的产业链。创办的种羊场总面积已拓展到 1202 亩，拥有努比亚种羊 5300 多只，存栏肉羊 2100 多只，草场 710 亩，实现年产值 3280 多万元，产业规模及效益均实现"倍增"，成为带动乡亲们脱贫致富、乡村振兴的榜样和标杆。

火炬传递 爱心征程

作为一名创业青年，刘人源凭借敢为人先、敢闯敢干的锐气，锲而不舍，矢志奋斗，在全国创新创业的大潮中，奋勇搏击，实现自我价值，成就无悔人生。也正因为他的努力，先后荣获"全国优秀农民工""全国十佳农民""科普中国·最美乡村科技致富带头人标兵""全国农业劳动模范""全国自强模范""全国脱贫攻坚奖奋进奖""中国青年五四奖章""第二届全国文明家庭"等荣誉称号。

2016 年，是刘人源的收获之年。这一年，刘人源被农业部评选为"全国十佳农民"，在北京受到了时任国务院副总理汪洋的接见。从人生低谷到事业辉煌，从不幸致残到接受国家领导人的接见，刘人源走过了 17 年。

2017 年 12 月，刘人源作为代表参加在北京举行的中央农村工作会议，受到了习近平总书记的亲切接见。2018 年，他当选全国人大代表，在全国"两会"分组讨论期间，提出了"扶贫不能把产业硬塞给农民"和"司法机关要加大乡村司法和普法力度"等观点，得到众多代表的支持。2019 年 3 月，他参加第十三届全国人民代表大会第二次会议，在审议政府工作报告时，提出"希望国家加大支持农产品冷链物流建设的力度"的建议。2019 年 5 月，他作为"全国自强模范"再一次受到了习近平总书记的亲切接见。

刘入源参加第十三届全国人民代表大会第二次会议

　　与此同时，刘入源也积极投身社会公益事业，为保障残疾人的权益，贡献自己的一己之力。

　　身为一名残疾人，刘入源对残疾人的生活疾苦心知肚明。几十年的生活经历，让他了解到残疾人经常会受到不公正的待遇，个人的权益有时也难以得到保障。因为自己淋过雨，所以他想为别人撑把伞。因此，在生活中，刘入源处处关心残疾人，并为残疾人权益保障工作奔走呼号。残疾人是司法救助的重点人群之一，他发现，在具体实施过程中存在资源错配、经费保障不平衡等问题。他建议，相关部门尽快改变这一状况，让"解民忧、纾民困"的好政策发挥应有的作用。

　　2020年新冠肺炎疫情的时候，刘入源捐资支持当地党委、政府购买疫情防控物资，捐款6000元支援湖北疫情严重地区，用爱心传递正能量。那一年，刘入源及时组织畜牧专家深入养殖户和贫困户家中，走进羊舍逐一为山羊注射疫苗，以提高动物免疫力，以及为博白县博白镇、凤山镇及南宁、梧州等地8个养殖基地捐出了超6万元的草料，得到了养殖户一致赞誉。刘入源还是玉林市博白县残联两级兼职副理事长，以及中国农技协理事、广西农技协常务理事。

刘人源担任北京 2022 年冬残奥会火炬手

由于刘人源积极作出的贡献，他在当地获得了人们的尊重和较高的声望。但是，刘人源从来没有想过，2022 年 2 月 27 日，自己竟然会成为万众瞩目的北京 2022 年冬残奥会火炬手。

在接到消息的那一刻，包括家人，整个村子的村民都为之兴奋和激动。大家纷纷登门祝贺，嘱托他一定要照几张在残奥会上的照片回来，给大家开开眼界。也有村民兴奋地提示："还看什么照片呀，这么重要的大事，电视上一定会演的。到时候，我们就等着看刘人源这个小羊倌，怎么把奥运会火炬传递的吧。"

2022 年 3 月 4 日，北京 2022 年冬残奥会如期开幕。开幕之前，由 600 名来自各行各业的冬残奥会火炬手接力开展为期 3 天的火炬传递。全国人大代表、广

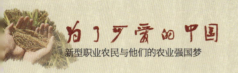
西博白县桂源农牧有限公司总经理刘入源，作为"全国脱贫攻坚先进个人"和"广西壮族自治区残疾人自强模范"，光荣地成为火炬手队伍中的一员。他离开广西进京参加全国"两会"，并且参与传递火炬的光荣使命。他顺利完成"追梦之路"的第30棒火炬传递，亲手接过熊熊燃烧的火炬，点燃心中的激情和梦想。

　　作为全国人大代表，刘入源在参加全国"两会"的时候，积极地建言献策。会后，刘入源接受了记者的采访，他对记者表示："作为全国人大代表，我比较关注残疾人的权益保护。"他告诉记者，这些年司法机关高度重视残疾人等特殊群体权益保护，积极开展司法救助助力脱贫攻坚、助推乡村振兴专项活动，把残疾人、贫困户、军人军属等五类人群作为重点救助对象，让党和国家的利民惠民政策真正落实到百姓最需要的地方。

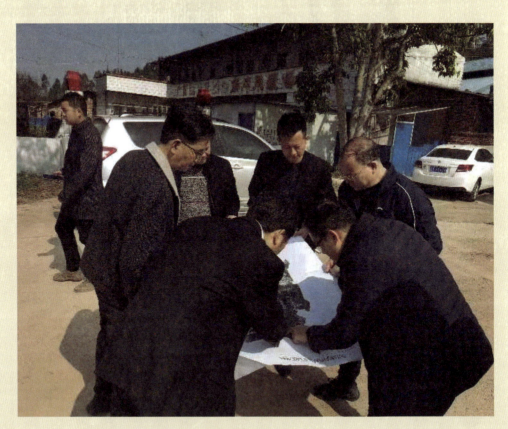

刘入源与当地政府领导对羊屠宰场进行选址前期的论证工作

作为广西代表团代表，刘人源对广西检察机关构建的检察机关引导、当地政府主导、职能部门实施、乡镇街道联动的"检察+N"立体司法救助模式予以充分肯定："多元救助实现源头治理，是值得全国推广的好经验。"

刘人源还注意到，无障碍环境建设公益诉讼是检察机关拓展公益诉讼案件范围的一个新领域。他希望检察机关进一步探索无障碍公益诉讼司法规律和特点，完善办案机制，不断加大监督力度，激活无障碍公益保护机制，促进残疾人等特殊群体共享经济社会发展成果。同时，在丰富司法实践的基础上，他积极推动公益诉讼作为保障措施纳入无障碍环境建设立法。

这位"80后"瘦小伙，命运折断了他飞翔的翅膀，当别人讥笑他是个"独手佬"的时候，却没有夺去他艰苦奋斗、勇闯新路的不屈精神，而是依靠新技术改良黑山羊品种成为致富达人。

如今，刘人源已是两个孩子的父亲。他最开心的事，就是带着孩子一起喂羊。

十几年来，当刘人源成为"有钱人"的时候，他牢记一名共产党员的初心使命、担当作为，领头探索扶贫模式，成为带领群众脱贫致富的好书记；当荣誉满身的时候，他信念坚定，在建设新农村的道路上继续和群众一道奋力前行。

刘人源在获得税务方面相关表彰的会议上发言

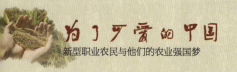
　　2024 年，新的征程开始，刘入源将继续带领乡亲们在致富路上奋斗。他信心十足地表示："虽然我只有一只手，但只要奋斗，一只手也可以顶天立地；只要努力奋斗，一只手也可以脱贫致富。我会永远记住总书记的嘱托，养好自家的羊，更要做好群众脱贫致富、乡村振兴的领头羊！"

第二章

刘 双
种稻养蟹撑起致富伞

在一望无际的稻田里，刘双专注地盯着一株水稻出神。他伸手将水稻拔下来，然后拿出尺子，认真地测量植株的长度，脸上的神情变得越发严峻起来。再接下来，他蹲在水田里，开始观察水质。一只调皮的扣蟹在水中潜行，却躲不过刘双敏锐的眼神，它很快被刘双一把捞起，握在手中。尽管它挥舞着钳子，试图摆脱刘双的控制，却无济于事。刘双最终将扣蟹放回水中的时候，长长地松了一口气。从目前的情况来看，最新放养在水田里的蟹苗发育得很好，而水稻的长势也达到了预期，二者共生的情况比较乐观。作为千亩蟹稻田的负责人，他离 2023 年获得丰收的目标更近了一步。

刘双，生于 1977 年 4 月，吉林省松原市前郭县人。刘双从小跟着父母在家里务农，9 岁那年由于外伤导致左腿肢体残疾。2018 年，他秉承"志诚为农，以德为先；食之为康，国兴民安"的理念归乡成立了吉林省双子生态农业开发有限公司。

刘双参会照片

2021 年，刘双获得了吉林省委组织部颁发的"吉林省首批乡村振兴人才"荣誉称号，并获评"高级农技师"职称。2022 年，他被吉林省委、省政府授予"吉林省粮食生产个人突出贡献奖"。

懵懂少年　落下腿疾

1977 年早春，吉林省松原市前郭县吉拉吐乡锡伯屯的一户农民家里，伴随着一声声婴儿清脆响亮的哭声，刘双出生了。这是刘家的第五个孩子。刘双上面还有三个姐姐，一个哥哥。那是一个并不富裕的年代，刘家的日子过得也很紧巴。刘双的父母都是农民，家里靠种植水稻为生。从记事起，刘双就开始和父母一起种植水稻。身为农民，这既是一份工作，也牵涉一家人全年的口粮，不能有丝毫马虎。

稻谷没种好，青黄不接的时候就会没米下锅。所以，在头一年，家里就要存好稻谷种子，为来年的播种做准备。为了防止老鼠偷吃，要把装有种子的口袋高高悬挂在房梁上。春节一过，就要把上年存好的稻种拿出来，放到大水缸里浸泡，静静地等它发出嫩芽。在等待的同时，需要平整出一小块水田，用作稻谷的苗床。稻谷长出嫩芽后，要把它搬到田间做好的苗床，密密麻麻地撒上，苗床的水要刚好，方便种子抓地生根。种子撒好后，要沿着苗床整齐地插上拱形的竹弓，再在上面盖上薄膜，做成温室。

初春时节，春寒料峭，父母每天都要检查薄膜有没有被风刮破，避免禾苗冻死。晴天的时候要给禾苗放风，怕它热着。秧苗长大后，就要准备插秧了。先将秧苗拔出，再把根上的泥巴洗净，一把把捆好，然后用推车推到田间，按照预估的距离将捆好的秧苗抛到整好的田间。

插秧时节，父母每天都在冰凉的水田里泡着，腰板子一整天都要弯曲着，一天下来直都直不起来，晚上两条腿走路都拎不起来。刘双学着父母的样子，左手抓住一大把秧苗，右手从左手上匀出两三株秧苗插入水中的泥土里。还要按照拉趟的塑料绳的行距，几棵一插，要竖看竖成列、横看横成行，否则你这趟秧苗就弯弯曲曲不美观了。这是农民的硬功夫，全凭拇指食指中指这几个主要的指头捏住秧苗根插往泥土层里，不能深也不能浅。深了，秧苗难起身不发棵，影响秧枝分蘖，别人家秧苗缓苗了旺盛碧绿一大片，你这秧苗还像霜打的一样有气无力，再遭太阳一晒更是奄奄一息；过浅了，几天后一放水满田秧苗不扎根就随水漂荡起来，还要去补插那些漂浮起来的秧苗，煞是闹心。

秧苗插好后，就要照看好稻田了，常常是隔三岔五就要去查看。每当这个时候，刘双就能体会到"揠苗助长"故事里的农人为什么那么心急了。

9岁那年，刘双在学校时，因为一场意外被课桌角磕到了左腿的髋关节，导致髋关节发炎。由于农村的医疗条件有限，刘双的腿因为治疗不及时而越发严重，当他被送到医院时，医生说因为感染严重，有被锯掉的可能。为了保住刘双的腿，父母四处借钱帮刘双治病，后来又辗转到九台市骨科医院经过刮骨、捥筋等治疗，他的左腿总算是保住了。

刘双说："那个时期得到过很多人的帮助。记得转院时是冬天，由于不能背着也不能抱着，只能用担架抬。医院离火车站有10多千米路，我母亲四处求助，时任前郭县人大常委会主任的宁布老人（现85岁）协调市里唯一的一辆吉普车把我送到了火车站。第二年出院时下着大雪，从七家子火车站到我家有2千米，没有车只能拉担架，村子里去了20多人到车站接站。为了不让我冻着，他们一刻也没停，4个人一组轮流把我抬回了家。"到家后看到大家满身都是雪，当时这个小小少年就想，长大了一定要努力学习，感谢那些帮助过他的人，做一个对社会有用之人，帮助那些需要帮助的人。因为从小就怀着一颗感恩的心，刘双虽然身有残疾，却一直保持着温暖、自信、坚定、善良的品格。

刘双的父母很开明，虽然家里穷，孩子多，加之刘双腿疾让家里负债累累，但父母再怎么困难都坚持送孩子们上学。农民只有冬季里能得个闲儿，父母却舍不得休息，他们在冬天打草帘，摞好大一车，拉到农安县砖厂卖，以换取孩子们的学费。刘双从小就知道父母的艰辛。穷人的孩子早当家，他也早早地挑起了生活的重担。

夏天，家里的院子种着黄瓜、西红柿等蔬菜，刘双和哥哥姐姐们抢着帮父母给蔬菜浇水施肥。蔬菜成熟时，他骑着自行车和母亲一起运到街里早市。那时候刘双的腿虽然残疾，但也天不亮就骑着车去15千米外的市里卖青菜，卖了钱贴补家用。

1999年，刘双考上了吉林商业高等专科学校营销管理专业。毕业后，他就职于松原市东方农机有限公司，并担任销售经理。

因为从小就感受到农民的艰辛，所以在担任农机销售经理期间，他一直服务耕耘土地的农民。他买了大量农业机械书籍并起早贪黑地看，默默地刻苦钻研，以便能更好地掌握农机知识，解决农民在农机使用过程中出现的各种问题。

工作一天后，刘双还要看书学习，往往半夜才休息，但是农民起得很早，他们早起开动农机时一发现问题就会第一时间找刘双咨询。刘双时常在凌晨四五点钟就被求助电话叫醒，但他从来不关机，对农民朋友提出的各种问题也是有问必答。后来他特意调整了自己的生物钟，让自己更早起床，以便自己接到咨询电话时更清醒。每年春秋农忙时，刘双的车里都会放着电瓶。只要有人打电话说车打不着了，他就能第一时间赶过去帮助他们。帮助农民搭电打火，他从来不收取任何费用。

互帮互助　济弱扶倾

　　刘双从参加工作后就深深体会到了残疾人就业及生活的艰辛，因为腿疾，他从体能到走路都不如健全人，甚至有时会受到一些歧视。刘双也意识到，自己是残疾人，就要比平常人付出得更多才能得到社会和他人的认可。几年辛苦打拼后，他在社会上终于有了立足之地。2006 年，他开始第一次创业。当年 8 月，刘双经过多方面实践学习，成立了松原市双子农业机械装备有限公司并担任董事长。

刘双带着员工在稻田收割

　　古人云："穷则独善其身，达则兼济天下。"刘双说自己没有那么伟大的抱负，但他却立志要帮助更多的残疾人。为了实践自己的诺言，完成心底的愿望，从2007 年起，刘双开始组织多种形式的免费农机修理培训课程。他以残疾人为主要帮扶培训对象，为他们提供机械维修技能培训、帮扶残疾人创业、为残疾人家庭免费进行农田机械作业、为残疾人家庭子女提供助学基金等多种形式的帮助。

　　2013 年，家住前郭县宝甸乡的信春玲，被河南省财政税务高等专科学校录

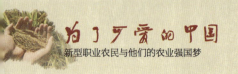

取。她的父母全是残疾人，一家三口仅仅依靠租地和政府补助维持生计，根本没有钱供信春玲上学。刘双得知信春玲的困难后，给她捐助了 5000 元，公司职工在刘双的带领下也捐助了 3000 元。

这些年来，刘双只要遇到像信春玲这样的残疾人家庭，都会尽自己所能向他们伸出援手。2015 年 2 月，刘双先后下乡走访 20 多户残疾人家庭，为他们送去了大量的日常生活用品。其中有家住前郭县前郭镇富辰小区廉租楼内的邵亮，由于先天营养不足，邵亮身体瘦弱，后又遭遇车祸导致右手残疾，妻子患有严重的先天性心脏病，常年靠药物维持，女儿在前郭县五中读高一，全家仅靠低保维持生计。有前郭县八郎镇的曲斌，他两年前突发脑溢血致残，卧床不起，父亲因车祸致残，三口人中先后有两人致残，一家人生活陷入极度困境。还有……

刘双在"授人以鱼"的同时还"授人以渔"。他不仅对残疾的乡邻提供经济扶持，还传授他们专业技术。他曾先后义务带过 4 名徒弟，让他们有了自立的本领。如今这些徒弟都已成家立业。

刘双说，因为自己淋过雨，所以总想帮别人撑把伞。他不仅捐助和帮扶残疾人，每年用工时，也会面向残障人士设定岗位，其中不仅有普通农工，还有农机维修师和平面设计师等多种岗位。

刘双在宣讲普及农业知识

2017 年，刘双被中共吉林省委宣传部、吉林省文明办授予"吉林好人"荣誉称号。

怀揣梦想　再次创业

刘双的创业之路并非一帆风顺。农机零售市场竞争很激烈，为了生存和发展，2012 年，他的公司与吉林省吉峰金桥有限公司合作，后来又走向了分立。分立后，原有的几个好卖的品牌代理被取消了，刘双没有更多资金囤货，加之业务量上不去，刘双开始另寻更好的工作机会。这一次，他选择背井离乡远赴浙江打工。

2014 年，在浙江经营农业机械工作期间，刘双发现南方的大米跟东北家乡的大米口感差距很大。从小生长在黑土地上的东北汉子，刘双还是更偏爱家乡的那碗香糯的白米饭。于是，刘双常常让家人从老家给他邮寄家乡的大米。刘双说："我实在是太想念家乡的味道了，家乡的米香对我来说有一种魔力，当我吃到那一口家乡的大米饭时，就恨不得多吃几碗。"没想到，家乡的大米也深受南方同事的喜欢，品尝过刘双的"家乡饭"后，公司的同事们赞不绝口，纷纷拜托刘双从家乡购寄东北大米。有同事还给他提议让他卖大米，说这么好吃的大米，应该让更多的人品尝到。说者无心，听者有意。这个让更多人品尝到家乡大米的念头从那时起就悄悄地印在了刘双的心里。

远在千里之外的刘双很惦记家里父母的身体。2017 年，由于父亲的病情不见好转，加之母亲、爱人和孩子也都很牵挂刘双，当年 5 月他提出离职，萌生了回乡创业的打算。

再一次创业，刘双的选择依旧与"农"有关。这一次他选择了职业农民，让更多人品尝到家乡大米——那个闪闪发光的念头，已经照亮了他前行的路。他奋笔疾书，写下了"志诚为农、以德为先、食之为康、国兴民安"16 个字，怀揣梦想，回到家乡，开始了他的务农之路。

从小随父母一起种植水稻的经历让刘双切身体会到了农民的艰辛，而近些年由于种地者追求高产，导致了土地板结化。随着逐步深入地了解，刘双发现，很多农民的思想还停留在如何高效使用农药和施用化肥的层面。而国家提倡种植结构调整，支持集约化经营，尤其是生态农业的利好政策，让他下定决心，返乡创业，就从筹备生态农业做起。他想自己种植亲人和朋友都爱吃的有机绿色蟹田大

米，把家乡的农产品让全国各地的人们品尝到。"让全国人民都吃上好米，吃上没有农药化肥的生态米，吃上放心米。"刘双激动地说。

从农机转到农业，虽说都有个农字，但刘双深知对于生态农业种植自己是外行。二次创业，一切都要从头再来，困难可想而知，特别是对于腿脚严重不好的人来说，要付出比常人更多更大的代价。他自费多次去韩国、泰国等主要水稻主产区考察，谋定自己生态农业的战略路线，随后又去阳澄湖、盘锦等地考察稻蟹种植养殖技术及模式。

2018年，刘双成立了吉林省双子生态农业开发有限公司，他承包了上千亩土地探索"稻蟹共生"，信心满满地准备大干一场。

刘双介绍说，螃蟹，可以说是稻田里的"清道夫"，这个"小霸王"是稻田里害虫的"天敌"，而螃蟹的排泄物又肥沃了田地，种植过程天然营养。

"稻蟹共生"种养是近年来新兴的一种立体种养模式，通过这种模式，可实现水稻和河蟹立体开发、互利共生。"稻蟹共生"种养模式下可提高稻田利用率，为

刘双在清理水稻田

螃蟹提供良好的栖息环境，有利于螃蟹生长。螃蟹可摄食稻田中的杂草、绿萍、底栖生物，其排泄物经过腐化可增加稻田耕作层的土壤有机质含量，培肥地力，促进水稻生长，提升稻米品质。如此，还可以更加切实有效地保护黑土地。

前郭县东有松花江、西有查干湖，地势平坦、水系充沛，是种稻养蟹的好地方。被誉为"中国北方最后的渔猎部落"的查干湖，蒙古语为"查干淖尔"，意为"白色、圣洁的湖"，位于嫩江与霍林河交汇的水网地区，是全国十大淡水湖

之一，也是吉林省最大的内陆湖泊。查干湖的捕鱼季收获肥美的鱼儿，已成为中国的一道亮丽风景线。

刘双前期投入 800 多万元承包了一期 1320 亩国有荒地。他所承包的荒地位于前郭县查干湖镇，地处松嫩平原，属于温带大陆性季风气候，四季分明。春季干旱多风，夏季温热多雨，秋季凉爽，昼夜温差大，冬季漫长，酷寒少雪，冰冻期长。刘双一切都是从头开始，从不懂开始，慢慢摸索。

刘双在进行开荒工作

荒地的开荒工作繁重而辛苦，平整土地、测量规划农田、盖育秧大棚、修渠和排渠……为了抢时间赶进度，节省开支，刘双自己开挖掘机，一干就是 10 多个小时，吃饭就在车上对付一口。

荒地需要改良才能种水稻，如何在稻田里养蟹，如何淡水养鱼，都需要学习。创业前期面临的困难不言而喻，刘双的体力、精神、经济都经受了前所未有的考验。开弓没有回头箭。凭着自己对农业的一腔热爱，凭着自己立志发展生态农业的初心，刘双拖着一条残腿迈向了生态农业之路。他每天要走两万多步，胯骨疼了就吃止疼药缓解。经常一整天穿着水裤，在鱼池稻田里忙碌，清淤泥，下鱼苗，那种闷热，常人难以忍受。创业之初，他从盘锦购买回了蟹苗，运回来后出现大量死亡现象，幸存下来的蟹苗由于水土不服，成活率也不高。因缺乏经验和技术不成熟，他一下子就赔了30多万元。面对再一次遇到的苦难，他并没有气馁，在他眼里没有解决不了的困难。生态农业，技术是关键。后来，他进入松原市农民科技教育中心学习，在校长和老师的关怀指导下，他更坚定了做好农业的信心。随后刘双在省市县水产推广部门和省水产研究院，以及吉林农业大学等科研院所的帮助下并深度合作，又从盘锦聘请了老师和工人，一边学习，一边结合本地的实际情况，摸索经验。

刘双咬着牙坚持了下来。坚强的毅力和超出常人的吃苦精神，让他解决了遇到的一个又一个困难。

自从迈上生态农业之路，无论是精神上还是经济上，爱人张敏都给了他特别多的支持，让他能义无反顾地走下去。为了支持刘双创业，她主动承担起照顾家庭的责任，放弃了自己所学专业，调离了工作岗位。基地开荒费用及前期运营回收资金特别缓慢，张敏也同意把家里的资金及前期购买的房产卖掉，支持刘双投入基地。有时刘双也会觉得快要坚持不住了，每当这个时候，爱人张敏都会开导刘双，与刘双一起想办法解决困难。

当时扣蟹都得去盘锦采购，路途远、费用大，拉回来成活率低。2019年，刘双突然有了一个新想法，在盘锦买回大眼肉体河蟹幼体在自家水稻基地进行实验，并和专家一起不断摸索养殖技术，在失败中总结，在总结中创新，最后冲破一道道阻力，突出重围。"当年，我盈利40多万元。"刘双说，"失败是成功之母。咋成功？全靠一点点学习，一步步实践摸索！"

他的扣蟹苗也成了抢手货。"桦甸、蛟河、九台、敦化等地的养殖户都来我这里订购扣蟹苗。"刘双说，"这里距离松原市区只有10千米，开车只要10多分钟，蟹运回去个个保活。"每年9月以后，来刘双这里买蟹的水产商和市民络绎不绝。

从投放大眼幼体，到扣蟹过冬和春季暂养，刘双摸索出一整套适合当地稻渔综合种植养殖的成熟经验，并打出了"德稻松"品牌。刘双说："德稻松的蕴意是，用品德种出的稻米产自松原及松花江流域！"

稻蟹共生　粮渔双赢

　　稻田养蟹，稻蟹共生，既改善了水质条件，又大幅度提高了稻谷的质量，实现了稻米、河蟹"双丰收"，这样能让一亩稻田获得双倍利润。

　　刘双后来又探索在水田里放养中科 5 号鲫鱼夏花，秋季捕蟹时获得可观的经济效益，体现了良好的生态效益，青蛙每平方米达 10 只以上，达到了一地双收、一水两用、提质增效的效果，以农业供给侧结构性改革为主线，走质量兴农之路。后来，公司与吉林农大引进合方鲫稻田养殖试验示范项目。

　　2021 年，刘双的公司年出产 2 万公斤扣蟹苗，销售成品蟹 1 万多公斤。刘双说，稻田中养殖的蟹，不仅可以控制杂草、减少病虫害，所产的蟹，肉黄肥嫩鲜美、营养丰富，是餐桌上的高端食材。一只蟹苗从春天投放到秋天收获，在稻田中体重增加 130 倍到 150 倍，是水产养殖中增重最迅速的种类之一，有较好的经济效益。通过这几年的开荒改良，刘双已将基地改造成了规范化优质良田，总面积 4210 亩，年产绿色 A 级蟹田米 300 多吨，生态蟹田米 800 多吨，产值达 5000 多万元，亩均 4800 元以上，比当地亩均增收 1000 多元。产业带动就业人数达 500 余人，其中残疾人 20 多人。

　　初秋季节，低了头的稻穗，正在慢慢灌浆，越来越饱满，而此时稻田里的河蟹日渐肥美。沿着田埂走上一圈，刘双感觉腿有些酸，靠着农机稍稍休息。眼前的水田刚刚翻好，新泥的味道弥漫沃野，刘双对一年的收成颇为期待。

稻田内养殖的螃蟹

　　刘双实验田里的水稻品种吉宏 6 号、吉粳 830，是吉林省审定的带香气的圆粒优质水稻品种，其气味香、外观结构美、适口性强、

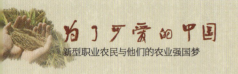
滋味鲜、冷饭质地优势明显。

从外观上看"德稻松"蟹田米，不算最大最白的，但是它小巧透亮，掺杂的"黄色胚芽"是它高傲的象征，因为大米66%的营养都在其中。胚芽米是稻谷的精华，使稻谷中的营养及胚胎等优良物质得以保留，是有生命力的物质，汇集10多种生物活性成分，是一种得天独厚的天然营养源。

回想起刚刚开始承包时，荒地上只有一望无际的芦苇甸子，从整理田块到改良土壤再到种植，刘双看到通过他的努力使荒地变成了绿油油的稻苗，满眼金灿灿的稻子让他倍感欣慰。他终于做到了田中有鱼、有蟹、有青蛙的生态环境。刘双的"德稻松"稻蟹米也获得了绿色食品标志使用许可。

刘双说，这里有自己的努力经营，也有国家的政策扶持。前郭县高度重视渔业发展，前郭县委、县政府及农业主管部门高位谋划，由刘双带领稻蟹种养大户成立了前郭县稻蟹综合种养协会，提出以生态保护和农业多功能开发为重点，在大力发展稻蟹种养产业稳步发展的同时，提出打造"查干湖大闸蟹"区域共享品牌，帮助农民保创业提创收，加快推进大水面生态渔业转型升级，倾力打造具有松原特色的渔业产业发展思路。

稻蟹共生生态田

目前，松原市共有国营渔场4家，水产养殖企业156个，共建成农业农村部健康养殖示范场27家，查干湖现已成为全国高知名度的大水面生态渔业与生态旅游发展典范。松原市渔业产量和产值多年来一直位居全省前列，2020年，全市水产品总产量5.08万吨，实现渔业总产值11.5亿元。松原市现有稻田162万亩，水利设施和田间灌溉工程配套完善，适合发展稻渔综合种养。近年来，在吉林省农业农村厅的大力支持下，松原市积极示范推广稻渔综合种养技术，年推广面积 10 万亩以上。实践证明，稻渔综合种养是发展种养结合生态循环经济的有效载体，是创建农业高质量发展示范市的重要途径，是增加产业效益和农民收入、推进乡村振兴的关键举措。

推广稻渔养殖技术

绿色农业　有益生态

再次创业，小有成就之余，刘双不忘初心。刘双说，一田双收实现后，接下来要做的就是提质增效，提升稻米的质量，降低农残。在生产过程中，公司尽自己所能让生态更美好！通过绿色种植方式，减少农药化肥的投入，优化土壤，保护环境，通过高标准农田建设，把效益低下的土地整理改良成优质黑土地，提高了土地集约化利用程度。"生态好了，才能保障消费者的食品安全；生态美了，消费者才更满意！"

近两年，刘双在农业生产中又探索出了"基础农业生态化、观光农业立体化、科技农业示范化、销售农业网络化"农业发展新路子，为有效保护黑土地，实现农业生产收益最大化提供了新经验、新方法。

刘双在宣传生态农业

通过智慧农业示范基地的建设，他设计农场主招募方案，成功开启可视农业订单模式。利用农民丰收节，每年举办抓螃蟹等系列活动，体验农家风情，吸引大量游客，在宣传企业文化的同时也让消费者看到蟹田米的品质保障，增进优质蟹田大米的销售。基地通过与学校进行战略合作，建立学生实践教学基地，寓教于乐，使孩子们在实践中获得生态农业知识。

2022年初，吉林省先后发生新冠肺炎疫情和"倒春寒"，好在这些并未影响生产进程。正月初六，刘双便开始着手准备春耕。由于天气转暖，河蟹过冬池内的结冰渐渐开化，有利于平稳生产、保障工人入池安全。"做好安全工作后，我们现在有机肥堆沤、消菌工作已经基本完成，这几天正在抛撒有机肥，水稻种子也基本采购完毕。三月末开始育秧苗。"刘双说。

寒冷的冬天渐行渐远，充满生机的春天已悄然来临。俗话说，"一日之计在于晨，一年之计在于春"。春天，对于农民来说，是孕育希望的季节。春意愈浓，农事渐起。购买农资、检修设备、大棚育苗、处理秸秆……刘双组织人员紧张地忙碌着，准备春耕让每一位农民忙得不亦乐乎。

刘双向农业农村部专家介绍验收国家级渔业健康养殖示范县发展情况

"相比传统做法，我们现在春耕更注重绿色发展，使用保护性耕作措施，更有利于保护黑土地。"刘双说，"2022 年，我们计划种植水稻 4210 亩，其中稻渔综合种养技术示范田为 1320 亩。全年计划增加改良重度盐碱地 900 亩，为提升水稻产量打好基础。另外，我们正在和大连一家饲料公司合作，推动秸秆回收利用项目，不仅能保护环境，还能推动土地保护和耕地质量提升，推动农业绿色发展。"

春耕如诗，大地如画。松原广袤的田野上蕴藏着无限的希望，加快实现农业现代化建设的步伐坚定有力，全国农业高质量发展示范市的目标正在稳步实现。

一辆辆农机隆隆作响，发酵好的有机肥被挖掘机不断搅拌翻滚。养蟹过冬池和鱼池内，工作人员正在监测水温，保障氧气充足，待水稻种植后，过冬池里的河蟹便可转移至稻田里生长，实现"稻蟹共生。"

2022 年 4 月，吉林省省长韩俊到松原调研，来到刘双的生产基地时，对他的稻蟹综合种养模式给予了肯定，还按照相关政策，给他免费发放了一台抛秧机，让他将新农机新技术推广到农业生产中。

刘双说，几年来，他积极尝试电商销售，并与几大电商品牌建立了合作关系。他反思说："我在工作中创新思路和销售模式不够开阔，需要进一步学习改善。将来还要继续扩大团队，一来拓宽线上销路，二来让更多残障人士实现就业。"刘双正和残联等部门沟通，通过网络招聘会，准备组建一支以残障人士为主的电商团队。

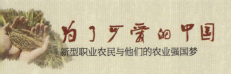
勤奋学习　新型农民

看着稻浪、闻着稻香，刘双将自己定位为"新型职业农民"。

新型职业农民是以农业为职业、具有相应的专业技能、收入主要来自农业生产经营并达到相当水平的现代农业从业者。这些"领头雁"们爱农业、懂技术、善经营，正在改变着公众对农民形象的传统认知，让农业成为有奔头的产业，让农民成为有吸引力的职业。

在日常工作中，刘双始终以提高自身的综合素质为目标。刘双说，年少读书时，只想着好好读书，报答父母，回馈社会，却没有对知识的渴望；随着年龄越来越大，觉得自己需要学习的东西太多了。在从事农业工作过程中，他坚持参加

刘双在开展农民协会帮扶活动

各类培训。

2018年7月—9月，刘双参加新型职业农民培训。

2020年8月24日—29日，刘双在浙江大学"企业发展专题研修班"进修。

2020年9月24日，刘双在吉林农业科技学院参加"省级高级新型经营主体带头人"培训。

2020年12月4日，刘双在中央农业广播电视学校参加"农村实用人才服务制导能力提升"培训。

2021年，刘双在吉林农业科技学院函授现代农业技术。

2021年，刘双在中央农业干部教育培训中心参加"2021年国家级农业经理人"培训学习。

2021年4月30日，刘双参加吉林省文化企业商会"农文旅"融合高质量发展培训班学习。

2021年6月24日，刘双在中国农学会参加"全国乡村振兴高素质农民暨基层科技志愿者研修班"培训。

2021年7月6日，刘双在中国管理科学研究院职业教育研究所培训并取得"水产管理师"资格。

刘双在参加发布会

刘双说，在实际工作中难免遇到各种各样难题，因为自己的知识欠缺，损失了精力、物力、人力。于是他只要有机会就会去学习考察，汲取各方面经验，总结教训。在学习过程中，刘双与老师、同学都有了积极深入的交流，从更多的方面学习到了农业知识。

刘双不仅自己认真学习，还发挥特长，利用自己学到的专业知识帮助有需要的人。他亲自在田间地头指导稻渔综合种养技术，还多次自费组织聘请农业专家、教授针对农民开展科普培训活动。

刘双发现，随着科技的日新月异，自己除了参加培训，还需要更系统地学习教育。2019年9月，刘双考入吉林农业科技学院现代农业技术专业开始本科学习。不断学习的刘双视野越来越开阔，成为吉林省首批乡村振兴优秀人才、高级农技师、国家级农业经理人，并先后获得"创新创业先锋""乡土专家""农业科技志愿者"等荣誉称号。

刘双参加学术交流会议

回想自己这些年的两次创业经历，刘双总结说："创业之初，也是学习之机，要亲力亲为，不断学习和实践，让自己从外行成内行，从专业变专家。"

而让他一路坚持下来的最主要原因，是想通过自身的努力，在不改变传统农耕的前提下，用最先进的科学技术，种出绿色健康的稻品。这也是他最初选择做农业的初衷。

刘双的稻渔综合种养，在2019年全国稻渔综合种养模式创新大赛中获得"绿色生态奖"；2019年被评为全国基层农技推广体系改革与建设项目农业科技示范基地，被授予松原市新型职业农民实践教学基地，被认定为松原市关心下一代青年农民创业培训基地；2020年荣获第四届全国稻渔综合种养模式创新大赛"绿色生态奖"及"优秀奖"。刘双的种植基地和企业于2020年分别被松原市评为优势产业区、松原市重点龙头企业；2020年被评为吉林省现代农业产业技术示范推广项目试验示范基地，市级示范农业产业化联合体、吉林省农业产业化重点龙头企业；2021年被授予省级新型职业农民实践教学基地，吉林省省级稻渔综合技术项目示范区；2022年被全国水产技术推广总站授予全国水产绿色健康养殖技术推广五大行动骨干基地；2023年被农业农村部授予国家级水产健康和生态养殖示范区。这标志着双子生态农业迈向了新征程。

这些年，通过自己的不断探索和努力，刘双已经得到了社会各界的认可和鼓励。面对着墙上、柜子上的证书、奖牌和奖杯，刘双激动地说："生态农业之路还很长、很远！我要通过不断学习，给自己安上知识的'飞毛腿'，带着我们新型职业农民腾飞！"

扶助乡里 共同致富

谈及这些年从事农业工作给自己带来哪些改变时，刘双欣慰道："就感觉身体比以前更加健康了，自己的精神生活也越来越充实，自己心里清楚自己所做的事情，说大了利国利民，说小了尽自己的最大能力让更多的人吃到绿色健康的蟹田米。"由于和工人一起劳动，必须熟悉每一个环节，刘双干起活来一点也不费劲。他说要用自己的实际行动影响身边的种地者，来引领地方产业发展，为乡村振兴尽自己的一份力量。

刘双心里一直牵挂着身边还在探索前行的同行者。为帮助更多农民共同致富，2019年，在当地相关部门支持下，刘双成立了松原市新型职业农民协会，他担任会长，并提供300多平方米的办公楼，自费购买了办公学习用品，每年组织会员学习培训30多次，帮助农民解决创业中的实际困难。仅2020年，协会就培训了5000多名新型职业农民和高素质农民。担任会长的刘双不仅为会员减免所有费用，而且由刘双一人承担。

2020年，公司完成地标申报，将"德稻松"商标作为区域共享品牌，免费提供给新型职业农民使用，为会员节省并创造直接经济价值200万元以上。

刘双出席新型职业农民协会首届丰收节

"我们会员全部由市农广校培训，整合农业资源，带动会员企业在绿色种植中实现一地双收、提质增效、扩大市场，达到共同发展。目前，会员中有新型职业农民合作社和家庭农场217家，产品远销长三角、珠三角地区。2019年，实现300多吨销售量，大部分会员增收4万元至5万元。"刘双说。

几年来，刘双经过努力和探索，"蟹稻共生、一地两用、一水两养"的高效生态综合种养模式，为农民开辟了一条增收致富的新途径。双子生态农业开发有限公司也被授予"吉林省AAA级诚信企业""吉林省AAA级放心企业"。"德稻松"大米被授予"老科协奖"、第二十届中国长春国际农业食品博览交易会"金奖"。

大家在创业中有资金压力，刘双就与银行洽谈进行贷款对接，在他的帮助下，会员得到惠农贷款200多万元。在每年农民丰收节期间，他都组织举办捕蟹、品蟹、拔河比赛等文化活动，自掏腰包给大家发放奖品；并把自己的"德稻松"品牌作为新职农区域共享品牌，不断孵化农民会员。刘双利用在南方的经验及人脉为农民开拓农产品市场。目前，他带着会员的产品参加全国各地展会 50 多场次，让松原市优质农产品远销至长江三角洲和珠江三角洲，利用自产自销的优势大大提高了会员绿色生态种植的积极性。

"目前，我们新型职业农民协会共有会员 248 个。集体采购种子价格每公斤只要 10 元钱，比单独购买每公斤便宜 6 元。协会里有些农民是自己生产有机肥的，协会里的农民全部享受进价采购有机肥，每吨可省 300 元。"刘双说。

刘双还表示，新型职业农民协会正在开展与金融机构对接，争取贷款优惠政策，为农民准备春耕争取更充足的资金，保障种植工作稳步有序推进。

由于刘双等人的努力，让松原市稻渔综合种养又上了一个台阶，并填补了前郭县"国家级渔业健康养殖示范县"的空白。蟹苗（大眼幼体）的培育也为吉林省蟹苗培育揭开了新篇章。

2021 年 9 月 9 日，"吉林省稻渔综合种养现场会"在基地召开。针对稻田养蟹的技术要领，刘双还给央视"田间示范秀"做了一期 50 分钟的节目，把自己从实践工作中总结出来的经验，分享给更多的农民，让更多农民增收致富。2022 年，基地得到了央视吉林站的关注和帮助，先后在央视 13 频道报道 6 次；《东方时空》《朝闻天下》《新闻直播间》《新闻 30 分》等栏目，以及中国新闻网和《人民日报》等媒体也相继关注基地的发展。

截至 2022 年，刘双带动稻渔综合种养已超过 300 多户，带动直接收益 6000 多万元，帮助会员创立自主品牌 70 多个，提高了会员品牌"武装意识"，帮助会员逐渐完善销售手续及各项资质。目前，吉林省 40% 以上示范区的蟹苗都出自他的生产基地。企业自有的 ISO9001 企标标准，被国家农产品质量安全信用中心授予农产品合格证选用单位，件件带证出品，获得了气候品质认证。他还积极组织申报国家级稻渔综合种养示范区，2022 年，基地成为吉林省首批智慧农业示范基地，也标志着生态农业加上智慧农业的翅膀，为农产品追溯及订单农业奠定了坚实基础。

刘双感慨，新中国成立后，从农业 1.0 发展经历了 70 余年的风雨，农业机械化程度已经达到 3.0 的局面，随着互联网的推动，农业已经悄悄地迈向 4.0（智慧

农业）的发展态势，生态农业、智慧农业及第一、第二、第三产业融合发展。

　　刘双也为农民队伍的发展壮大感到担忧，这几年的经历，使他深深感受到农业生产缺乏年轻人的参与。他说，目前从事农业生产活动的人群均在50岁以上，这些人思想意识还停留在高效使用农药及化肥的基础上，只知道卖原粮，接受新事物新思想比较缓慢。刘双真心希望能有更多的年轻人热爱生态农业，从事生态农业工作。生态农业只有注入新鲜血液，才能有新的活力，乡村振兴才会更快更好地发展。

第三章

李卫东
一片叶子成就一个产业

2022年11月29日，浙江省杭州市西湖区西湖龙井茶茶农协会会长李卫东与副会长樊生华兴奋地通了电话。他告诉了樊生华一个特大好消息：就是在这一天，中国申报的"中国传统制茶技艺及其相关习俗"在摩洛哥拉巴特召开的联合国教科文组织保护非物质文化遗产政府间委员会第17届常务委员会上通过评审，列入联合国教科文组织《人类非物质文化遗产代表作名录》。至此，我国共有43个项目列入联合国教科文组织非物质文化遗产名录、名册，数量居世界第一。

本次入选的"中国传统制茶技艺及其相关习俗"共涉及浙江、福建、北京、江苏、江西、湖南、安徽、湖北、河南、陕西、云南、贵州、四川、广东、广西15个省市区的44个国家级非遗代表性项目，涵盖绿茶、红茶、乌龙茶、白茶、黑茶、黄茶、再加工茶等39项传统制茶技艺和5项相关习俗。其中排在首位的，便是由浙江省杭州市西湖区龙井茶产业协会申报的绿茶制作技艺（西湖龙井）。而他们两个人，都是致力将西湖龙井绿茶发扬光大的人。

杭州地区的龙井茶，一般分为三个产区，即西湖产区、钱塘产区、越州产区。其中西湖产区位于杭州市西湖风景区，占三大产区总量的约10%。西湖龙井的杀青是其中非常重要的一项非遗技艺，其代表性传承人樊生华深谙此道，也因

此成为西湖区西湖龙井茶茶农协会副会长。樊生华1961年出生于龙坞镇桐坞村，现为杭州市西湖区留下供销合作社高级技师，他还是国家级非物质文化遗产项目"西湖龙井采摘和制作技艺"传承人。

2022年3月，樊生华大师在手工制茶

　　李卫东与樊生华亦是至交。消息传来的这天，樊生华与李卫东热切地聊着，句句不离茶叶。交谈间，李卫东想起了习近平总书记说过的一句话："一片叶子成就一个产业。"

2022年，李卫东与樊生华在交谈中

2019 年 3 月，长埭村龙尾巴山塘水库景区

　　这个产业，就是指由茶叶而兴的一系列相关产业。李卫东是西湖龙井茶茶农协会会长，并担任杭州市西湖区转塘街道长埭村党总支书记兼村委会主任。作为一名基层村干部，他一直关注有关西湖龙井茶的问题：如何保护好西湖的金名片——西湖龙井，如何提高茶的品质，这是他孜孜不倦追求的目标，亦是他不断努力拼搏的方向。在李卫东看来，茶文化是中华优秀传统文化的重要组成部分，是人类文明共同的文化财富，是中国人对人类文明作出的贡献。

　　自古以来，中国人就种茶、采茶、制茶和饮茶。中国茶从中国历代民众的生产生活实践中走来，凝结了民众智慧，于生活中生生不息地传承，发挥着连接民族情感、体现文明交流互鉴、彰显文化多样性等作用。中国人有着"客来敬茶"的习俗，茶贯穿了中国人的生活，体现了中国人谦、和、礼、敬的人文精神。"一杯茶"可以拉近人与人之间的距离，朋友聚在一起喝茶可以增进文化认同感、幸福感和凝聚力。与此同时，饮茶过程中也渐渐形成了中华优秀的传统茶文化。

2023 年 4 月长塅村党群服务中心

　　中华民族世代传承的茶文化，得到了联合国教科文组织的认可。此次申遗成功必让中国茶文化在国际上产生更大影响力，必将极大地提高文化自信和民族自豪感，有利于我国茶产业的可持续发展和高质量发展，有利于提高中国茶及茶文化在国际上的知名度，更多人会喜欢上喝中国茶，有利于扩大茶叶消费。茶产业的发展也会进一步促进科技的创新、人才的培养和非遗保护。同时，有利于推动中华优秀传统文化创造性转化、创新性发展，不断增强中华民族凝聚力和中华文化影响力，深化文明交流互鉴，推动中华文化更好地走向世界。

2023 年 6 月，长塅村村容航拍（局部）

近年来，作为长埭村领路人的李卫东，积极向上级争取项目，以项目带动村庄发展，启动美丽乡村建设。在李卫东的带领下，长埭村大力发展绿茶种植产业，产业产值由原先的 2500 万元增长到现在的 7000 多万元，逐年提升 15% 以上，村民人均收入从 2.1 万多元，提升到现在的 5.8 万多元。同时，他引进高校人才，积极打造艺术品牌，让艺术走入乡村。在长埭村，常年有带博士生、硕士生的艺术家老师，手把手地教村民的孩子们绘画、书法、陶艺、雕塑等，让他们从小接受艺术的熏陶。这成为当地一道独特的风景。

在李卫东的带领下，长埭村一步一个脚印，村庄面貌发生了翻天覆地的变化，村民们也体会到了环境面貌的改善带来的经济收益的提升。

李卫东也因为所作出的杰出贡献，获得了诸多的集体和个人荣誉。

其中主要的村荣誉有：2019 年度浙江省卫生村、2019年杭州市完善型农村社区、

2022 年 9 月，协商驿站"体验茶乡茶旅、共话未来物业"

2019 年度杭州市田园社区示范点。2020 年被评为浙江省省级引领型农村社区、西湖区美丽乡村，2020 年度浙江省善治示范村、浙江省 AAA 级景区村庄；2021年被评为杭州市未来乡村、杭州市数字乡村样板村、浙江省 2021 年度返乡入乡合作创业考核优秀单位、杭州市模范集体、杭州市共富村、杭州市美丽乡村国际旅游体验点；2022 年先后被评为浙江省第一批未来乡村建设试点村、浙江省清

2022年10月，长埭村尽青山茶庄园

廉村居建设示范村、浙江省美丽乡村特色精品村、浙江省综合减灾示范村、杭州市清廉村居特色样板村、浙江省未来乡村创建成效优秀村、浙江省乡村振兴示范村、浙江省乡村旅游重点村、2022年度杭州市争先晋位村等诸多荣誉。2023年被评为浙江省首批"红色根脉"强基示范村等。

2016年9月，李卫东被中共西湖区委、西湖区人民政府授予"西湖区服务保障G20杭州峰会先进个人"；2018年1月，被西湖区人大常委会授予"2017年度代表履职积极分子"；2020年1月，被西湖区和谐社区建设领导小组办公室授予"2019年度西湖区最美村社工作者"；2020年2月，被西湖区人大常委会授予"2019年度代表履职积极分子"；2020年6月，被西湖区生活垃圾分类工作领导小组办公室授予"2019年度西湖区生活垃圾分类工作突出贡献个人"；2021年11

月，被西湖区委组织部评为"西湖区首批兴村治社导师"；2022年6月，被杭州市委组织部评为"杭州市担当作为好支书"；2023年6月，被浙江省委评为"浙江省担当作为好支书"。

美丽西湖　清香茶园

长埭村地处美丽西湖西侧，直线距离15千米，属西湖龙井茶产区，家家户户以种植西湖龙井茶为主产业。

1976年10月，李卫东在这片土地上出生。童年的时光里，他经常跟着父母一起去茶园采茶。在他的记忆中，茶园是一幅极美的画卷：青山苍翠，绿水环绕，茶园里清香四溢，薄雾缭绕。李卫东在茶园边上和小伙伴们一起奔跑嬉闹。由于男孩子生性调皮，当他的两只小手触摸到那嫩嫩的叶芽时，母亲总是紧张地把他的小手拿开。

"别乱摸，这茶叶很金贵的。"母亲小心地呵护着那些枝头的嫩芽，因为她知道，作为茶农，一年到头的生计，全指望着这些枝头的嫩芽。

起初，这位懵懂的少年并不了解，这些嫩芽跟那些茶园里的叶子有什么不同。直到他渐渐长大，看着父母如何在数十天的辛劳之后，收获小小一袋龙井茶，换取微薄的收入之后，才了解了父母的艰辛。

时光荏苒，彼时调皮的小男孩渐渐成为一名勤奋的学生。李卫东先后在长埭小学、龙坞中学就读。因为从小体会到父母的不易，他从初中一年级开始，每到茶忙季节就放下书包，帮父母炒茶叶。炒茶可是个技术活，两只手需要熟练而又有技巧地在锅里翻动茶叶，一不小心，手就会碰到锅壁，被烫伤。李卫东眼疾手快，在父母的指导下，很快练就了一双"铁砂掌"，学会了如何手工炒制西湖龙井茶。

他从小在这个村庄里长大，以为世界原本就这么大。他觉得自己家的小康生活，真的很不错。也许自己的未来，就是扎根在这里，成为一名本本分分的茶

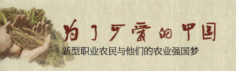

农。于是在不知不觉间，他把自己的时间和精力重点放到了学手艺上，结果却耽误了学习，在中考的时候，以几分之差落榜。后来，在家人的帮助下，他离开这个小山村，去外地打工，投身建筑行业。在繁忙的工作之余，他并未放下书本，利用空闲时间完成了大专相关课程的学习。

直到他见识了更为广阔的世界之后，李卫东才意识到那个小小村落经济发展的缓慢与落后。

李卫东投身建筑行业，在积累了一定的经验之后，开始创业。2022 年，李卫东去武汉设计集团做项目。当时武汉正处于大开发的阶段，他很快找到了机会，承建了武汉理工大学华夏学院，此后又做过长江之滨的绿化等大量的工程。6 年的时间转眼过去，他的事业发展得非常好，渐渐地在当地小有名气。此后，他又前往杭州发展，不断扩展自己的事业版图。他当时牢记一句话，"先做人，后做事"。在不断进步发展的过程中，他发现自己一个人的力量是有限的，只有依靠集体的力量，才能让自己变得强大起来。

在他的领导下，公司的事业发展得很好。李卫东的经济收入不断提高，他有了立足繁华都市的根基，也做好了扎根城市的准备。

但是命运总是会眷顾那些有准备的人，李卫东也不例外。

启动建设　美丽乡村

2011 年 3 月的一天，一场蒙蒙细雨让这个小山村更加秀丽。上午，村委会召开了换届选举动员大会，村民们纷纷在会上踊跃发言，一个重大的决定在人们讨论的过程中渐渐形成。

当天下午，这些人在五六名老党员的带领下，来到了李卫东的家中。他们诚挚地邀请李卫东参加村委会的选举，带领村民们一起发展创新，共同致富。李卫东吃了一惊，他从来没有想到，在村民的心中，自己是如此受到尊敬。大家你一言我一语地议论起来，讨论了很多关于村庄未来发展的方向和想法，而更多的人用期待的眼神望着他。

那一刻，李卫东萌生了一个大胆的想法。当时，村民虽然收入尚可，但是与外界的经济发展相比，村集体经济十分薄弱。作为土生土长的长埭村人，他看在眼里，急在心上。虽然他也曾有过改变家乡面貌的想法，但这只是一个朦胧的意识，尚不真切。再加上他在外边的事业发展得如日中天，如果放弃非常可惜，而家人也不会同意。

但是长埭村的村民们却对李卫东这个能人寄予厚望。他们一次次找到李卫东促膝谈心，迫切地希望他能回到村里发展，带领大家过上富足的日子。

2023 年 2 月拍摄的长埭村茶山游步道

此后，李卫东的心情久久不能平静。他一次次在空闲时间在村落的茶园散步，盯着那片绿色的田野发呆。无数个建设乡村的构想，纷纷在他的头脑中出现。他的思绪不再平静，如果回到村里，他真的可以大展宏图吗？

2011 年 4 月，经过一番激烈的思想斗争之后，李卫东终于下定了决心，决定回村发展，带领大家共同致富。他循序渐进，开始着手准备。

村里从此多了一个走街串巷的忙碌身影，那就是李卫东。他逐家去拜访，深

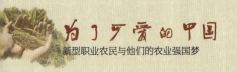
入群众中进行调查，广泛倾听意见和建议。改变村庄的面貌，是一项深入持久的重大工程，他不允许自己出错。而从哪里着手，是他需要慎重考虑的问题。而且在这项工程开始之前，他要让村民们看到村庄发展的希望。

李卫东决定以项目促进乡村的发展。他开始一次又一次地往县里跑，积极向上级争取项目，以项目带动村庄发展。

2022年8月航拍的长埭村党群服务中心

2016年，李卫东开始启动美丽乡村建设，整治内容涵盖了强弱电上改下、天然气进村入户、截污纳管、农居立面和庭院改造、企业整治、节点景观打造、动静态交通改善、特色植物栽培、城市家具配置等领域。

昔日里，长埭村每年到了雨季，雨水会恣意横流，然后街道上变得泥泞不堪。没有下水管道，让这个美丽的小山村一遇到雨量增多，便出现道路难行的状况。如果想长远发展，势必要改变这种状况。

李卫东开始带着村干部一起对村内的道路进行治理。几年下来，村内道路全部完成管线整治，并铺设沥青；村民生产生活污水全部进行截污纳管，整治后，农村生活污水处理基本处理到位，或者纳入市政管网；完成强弱电上改下，天然气入户全覆盖；对农居外立面进行立面整治，并对庭院进行改造铺装，在村中新建公园节点，并对道路两侧、村民庭院进行绿化……一片崭新的景象出现在人们的面前，处处都是一片欣欣向荣的景象。

但是在李卫东的眼中，这样做还远远不够。他开始萌生了塑造樱花景观大道的想法。一场浪漫的打造景点的方案，开始正式落地实施。

精品乡村　打造景观

春天的时候，一条粉白色的开满樱花的大道，便在绿色的茶乡向远方延伸。这便是大山脚樱花大道。

当游客们沿着这条道路穿行的时候，会嗅到一股淡淡的清香。微风吹起，片片樱花花瓣飘落，点点花雨，令人陶醉沉迷。

这里种植的多是日本的樱花，轻轻绯红，淡淡粉红，纯洁无瑕的白色……片片花瓣在风中飞舞。其实很难有人相信，之前这里并不是景点，而是后来李卫东带人开发的结果。

当时，李卫东在打造精品乡村的时候，就想到了要带动当地的旅游发展，可是

2023 年 4 月拍摄的长埭村大山脚樱花长廊

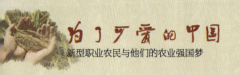
只有一座茶园是远远不够的，如果能打造一条精品的旅游线路，连点成线，一切将会变得更好。当然，这就涉及旅游路线的设计，以及景点的安排，这些对他而言都是非常重要的事情。

起初，村里有人提议做成桃花林，因为当时电视剧《三生三世十里桃花》正在热播。但是很快有村民反对，认为"招桃花"容易遭遇某些人的忌讳。在多方考虑和调查之后，李卫东发现种植樱花反而更受年轻人的欢迎，而在当地也算是一种新鲜事物。桃花遍地都有，繁茂优美的樱花却并不容易相寻。但是如何进行樱花路线的设计，又如何打造樱花的景点呢？这些都需要逐步思考和实践。最终，他发现日本富士山的樱花比较有名，而且喜欢樱花的多是年轻人，打造千米樱花大道的重点是吸引年轻人进来。年轻人来了，他们的消费一定会带动当地的经济发展。而且樱花的花期比较长，可以开 10 天左右，显然更胜于其他的花卉品种。

李卫东首先找人做了樱花大道的效果图片，进行了景点旅游路线的设计。当樱花树种好之后，他带人过去看，却发现与自己设想中的景观大相径庭——瘦弱单薄的小樱花树种植在道路的两旁。到了开花的季节，只在枝头上冒出孤零零的两朵。这样的景观，无疑是难以吸引游人前来的。所以，当一些人慕名前来游玩的时候，李卫东诚挚地对游客解释："现在樱花刚刚种下，还没有变成其他樱花开花时的效果图。等过几年，这些樱花就能形成图片上的隧道了。"游客们被他的诚意感动，纷纷约定等到樱花烂漫时，大家再相聚。

如今，樱花大道的花丛已经蔚然开放，葳蕤茂盛，成为当地小有名气的一道胜景。虽然距离完全成型的樱花隧道还差一些光景，但观赏性已经很不错了，作为一家三口周末休闲游，那绝对是一个好地方，更关键的是当地村民便宜的住宿条件。这里地理位置优越，生态环境优美，附近具有得天独厚的美丽风景。游客前来，不仅可以欣赏茶园、樱花大道，还可以一起欣赏附近群山环抱、峰峦叠嶂、古树参天、竹木葱郁等。

2023 年 4 月航拍的长垄村

古树、古道、古村落、茶园、樱花大道……可以说，这里处处都能让你感受到一股古色古韵的气息。走在长垄村的乡间小路上，感受着在阳光照耀下如同精灵般的茶园韵味，耳边依稀可以听到茶农们的欢歌笑语。沿着山间小路一直向上，来到山上的茶园里，让人感到一种心灵的宁静，闭上眼仿佛还能感受到它曾经的故事与辉煌。

清澈的溪水，凉爽的微风，抬头仰望着林木群中洒落的些许阳光，这里的人们依山而居，日出而作，日落而息，这一切都诉说着长垄村的宁静致远。粗壮的树根，翠绿的树叶，一株株樟树枝繁叶茂，它们历经了岁月的洗礼却依旧茁壮成长，它们见证了这个村落的发展与兴旺。

2019 年，李卫东启动市级精品村建设，通过长垄村入村口、露天文化广场、体育公园设施及环境提升、联心路村道工程这四个精品村建设项目，丰富了长垄村美丽乡村内涵，结合乡村振兴，增加落地性、参与性强的项目，丰富乡村旅游产品，增加村民经济收入。经过精品村创建，极大地提高了村民收入，茶叶销售收入每年上涨 20%，房屋出租收入上涨 100%，游客人数上涨 200%，村民的精神文化场地需求得到满足，提高了群众参与率。

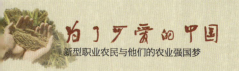
　　"要想富先修路"，这是一条亘古不变的道理。目前龙坞茶镇进出只有唯一一条留泗路，严重制约了龙坞地区的发展，无法满足龙坞地区的经济发展和人员流通。针对这个问题，李卫东在区人民代表大会上分别提出了《关于要求打通灵龙路（断头路）的建议》《关于加快灵龙路建设及连接线的贯通的建议》。打通该条道路让龙坞地区增加一条对外通道，既可缓解留泗路交通压力，又可促进西山森林公园龙坞景区与灵山景区联系，加快融入之江文创产业带，增加旅游及文创经济发展，让龙坞地方发展早日走上"快车道"。2019年，在李卫东多年呼吁及争取下，长埭村至转塘集镇的道路——联心路正式开工建设，并于2020年初正式通车。联心路的开通极大地拉近了长埭村和转塘街道、三大院区的距离，由原来绕行留泗路花半小时到现在的5分钟直达，方便了老百姓出行、销售茶叶，提高了村民房屋的出租率和租金，为村庄后续发展打开了通道。

　　作为一名村干部，李卫东始终不忘关心关爱弱势群体。村内低保困难户罗美琴与女儿因房屋拆迁，长期住在临安父母家。李卫东多次前去探望，了解生活中的困难，解决力所能及的困难，做好对弱势群体的照顾。

2023年2月，"扬风塑志"中国美术学院雕塑与公共艺术学院清廉学院建设主题雕塑展

但是，李卫东并不满足。他认为精品乡村一定要与艺术息息相关，于是决定为这个小村落增加艺术气息。为此，他多次前往高校洽谈合作事宜，引进高校人才，积极打造艺术品牌，让艺术走入乡村。目前，入驻艺术家200多位、8家大师工作室并形成以区级文创园——白桦崃手作园为首35家工作室40多个品牌，成立了"长埭村艺术家委员会"，成功将艺术家资源这些"外脑"引入并助力村庄建设。艺术家老师的入驻，提高了村民的房子出租收入和茶叶收入，每年暑期为村内小朋友免费培训艺术技能。

2019年7月，长埭村举办第十届暑期艺术培训班

说来有几分好笑，最初，当"手作园"这三个字从李卫东嘴里说出来的时候，大家都是一脸懵懂的表情。很多当地人都不明白什么叫"手作"，一些年长的村民甚至不明白，这些稀奇古怪的想法，是怎么从李卫东的脑袋里冒出来的。事实上，李卫东回到村里之后，脑子没有一刻是休息的。他查阅大量的资料，马不停蹄地走访全国各地的美院与音乐学院，跟艺术大师和专家促膝长谈。他心里明白，必须走出一条茶文化产业与艺术相结合的道路，才能让长埭村更富于魅

力，从那些同质化的旅游小乡村中脱颖而出。有山、有水、有茶叶、有古建筑的旅游乡村模式，太容易被其他地方所复制。他清楚地知道，当各种千篇一律的小村落都发展旅游时，长埭村并无胜算。这样的旅游景点，像年轻人口中讲的那样，是"没有灵魂的"。要想与众不同，就必须把村里的产业发展成别具一格的风貌。就像深圳大芬村那样，成为远近闻名的"油画村"。而他觉得，长埭村与艺术结缘，必将走出一条康庄大道。

2022年，西湖龙井春茶预售拍卖活动启动

为此，李卫东多次找到担任西湖龙井茶茶农协会副会长的樊生华，商量如何在茶叶文化上多做文章。樊生华对制茶有着很高的造诣，对于李卫东的想法，提出了很多有益的建议。中国茶文化博大精深，由此而延伸出相关的艺术产业，完全可以试试。而龙井茶也可以不断地往高端产业发展，相关的产业链都需要不断地进行创新完善。

2023年3月，樊生华在手工制茶

创意文化　艺术数智

　　2021年，李卫东启动"未来乡村"建设，目标是：建成以"艺术＋数智"为特色的"长埭未来创意文化村"，其核心是实现农业农村现代化。李卫东提出"艺术＋数智"的概念，通过"艺术＋数智"最终可以实现"艺术融入乡村，让乡村生活更艺术"，然后"数智赋能乡村，让乡村生活更未来"，实现乡村振兴，实现共同富裕。

　　在他的带领下，村民们重点打造四大未来场景，即未来创业场景、未来生态场景、未来文化场景和未来生活场景，通过空屋置换计划将艺术产业链核心内容扩展分布到全村域范围。布局三个产业中心，分别是孵鸡湾文创智造中心、长埭文创交流展示中心和柯村文创研学中心；打造移民文化展示馆和胡雪岩纪念馆。利用好艺术产业和茶产业，融合发展，艺术介入茶产业周边和茶园空间。同时，

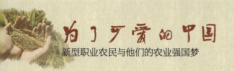
关于西湖龙井的一些周边产品也相继出炉，他们研制了西湖龙井啤酒、精油、香皂等，颇受年轻人的欢迎。长埭村的移民文化展示馆，也吸引了大众们的目光。这个位于浙江的小乡村，村里 70% 以上的村民祖上来自温州。作为温州移民，他们有自己的文化属性和移民特征，这些都在移民文化展示馆里得到了充分体现。

除了整村性的建设项目，李卫东还针对急需提升的短板，向上争取项目资金支出，分别于 2018 年、2019 年进行了"一事一议"项目建设。当时，长埭村不断升级改造旅游接待中心的硬件设施，以此满足旅游接待中心和党群团活动、旅游接待活动的功能要求，同时与美丽乡村环境融为一体。通过该项目的建设，在提高全村整体形象的同时，进一步推动了本村的对外开放，增加了外来游客数量，有效促进了旅游经济的发展。每天该场馆都会对村民、游客开放，提供旅游咨询、服务，旅游活动接待、村内大小各类会议、便民活动、旅游活动等都在该场所进行，暑期还会在这里举办儿童艺术培训班，以及艺术家老师举办的各类活动。该旅游接待中心提升项目的建设极大地改善了村庄接待能力，为村民、游客提供了良好的场地，为长埭村旅游经济发展提供了很大助力，受到了大家的一致称赞。

2022 年 7 月，第十一届暑期艺术体能培训班举办中

继而，李卫东启动了长埭村健身游步道提升改造项目。项目满足村民健身休闲、休憩观光的功能要求，做到人车分离，同时与美丽乡村环境融为一体。这条彩色游步道上，其间零星布置凉亭、小广场等休憩节点，真正成为村民身边的休闲活动步道，兼顾了设计性和功能性，既能美化村庄，又能服务村民，以达到让人们娱乐活动、休憩观赏的设计目标。白天，有许多游客在这条游步道上欣赏茶园美景；晚上，有许多村民在这条游步道散步、跑步锻炼。该项目的建设为长埭村旅游、民生服务发展提供了有力支撑，同时也极大地提升了村里全民健身的良好氛围，深受广大村民称赞。

2023 年 4 月，长埭村茶山观光亭在进行茶艺表演

在茶乡的舞台上，当然要以茶来唱主角。长埭村坚持以"三茶统筹"为导向，重点引进知名茶品牌——莫居茶馆，与莫居茶馆开展全方位合作，旨在推动实现强村富民和乡村振兴。

在杭州，莫居茶馆是非常有名的一个连锁店品牌。它起源于杭州，成长于杭州，是新兴的高端可持续发展的业态。莫居茶馆的管理者躬身践行"三茶统筹"重要模式，通过自己独特的"莫居模式"带动着杭州的饮茶文化氛围。其以茶为媒，引领高端商务茶生活，推进杭州茶产业的经济，在当地创下了良好的口碑。莫居茶馆创始人黄林杰先生在创办莫居茶馆伊始，便希望通过与现代潮流对话碰撞而创造出新的中式茶文化，通过高端茶空间引领"高端商务"茶生活的方式。李卫东正是看中了这一点，积极引入莫居茶馆的品牌产业，希望借这一著名品牌给当地带来人脉资源。因为前往莫居茶馆消费的客户，多是一些高端的商务人士，他们手上握着宝贵的资源，如能借助这些资源，将给长埭村带来更多发展的可能。他认为，简单的卖茶叶早就不适应时代的发展了，作为村干部，他的工作重心应该放在茶产业的"拓宽""挖深""拔高"上。

为此，李卫东提出了三个改进的方向，并积极筹措实施起来。一是土地流转集约增效。莫居茶馆已流转65亩土地，后期将充分运用物理防虫，监控水分湿度、土壤成分和天气变化等农业科技，推进茶叶种植增效和品质提升，打造"数字智慧茶园"。二是包销提质增收致富。充分发挥企业渠道优势，让茶农直接与茶会员订立茶叶管养、销售合同，帮助签约茶农增加茶叶销量和销售收入。首期签约长埭村农户土地500亩，预期为每个签约农户年均增收20%。三是盘活资产释放红利。莫居茶馆首期租赁长埭村闲置房屋20间，主要用于茶叶仓储、加工、物流及员工住宿等。此举将有效盘活村里的闲置资产，为农户和村集体带来400万元以上的新增收入。探索与莫居茶馆合作新模式，共同提高村民收入，做强村级集体经济，形成共富示范效应，并努力推进长埭村其他各项工作的开展。

共生共融　数字乡村

如今，再来长埭村逛一逛，映入眼帘的不仅仅是茶香四溢的小茶村，而是一个人与自然、人与人共生共融的数字乡村。而这个数字乡村，则与西湖龙井茶息息相关。

经过一番分析和研究之后，李卫东有针对性地根据辖区实际提出《关于提升西湖龙井茶品质增加茶树病虫害统防统治及有机肥的建议》。李卫东的建议得到广泛关注，并实地进行推广。现在西湖龙井茶产区每年都会做好菜籽饼肥发放、无人机统防统治，从内在品质的提升与外部环境的改善两个部分来提高西湖龙井茶品质，从而提高茶农收入。

2022 年 10 月，李卫东实地踏勘茶园汀步道的建设进程

　　而数字化乡村的建设也在悄然进行。在村里，有 24 小时为民服务自助机，30 多个事项家门口即可办结；西湖龙井茶产地证明标识实现全程追溯，让消费者知晓茶叶的"前世今生"；数字化智慧大屏上，数字党建、农村电商、村民办事等相关情况一目了然……数字化带来的便捷让村民有了实实在在的体验。

2021 年 10 月，长埭村体育公园数字大屏

眼下，长垄村作为省级未来乡村试点，正在全力推进"未来乡村"数字化改革，把数字融入村民生产生活，架起一条连接村庄和外界沟通融合的全新的"数字之路"。

举例来说，一天，长垄村茶农郑伟洲准备上一趟茶园，要给茶园里的茶树修剪一下枝叶。但是，他还要去办理一趟加汽油的证明。为了节省时间，郑伟洲拿起手机，在小程序上点一点，立马就办理好了加汽油的证明，然后他愉快地去茶园忙碌了，省时而高效。

郑伟洲所用的小程序，正是村里最新上线的"长富云"。此前，茶农往往是要先跑到村委会，然后到派出所开证明，再到加油站买油……如今，点开小程序的"服务"板块就可以办理加油证明，实现"一次都不跑"。

2022 年 12 月，长垄村上线的小程序——长富云

"长富云"小程序是乡村建设的一个重要组成部分，上面有"邻里""健康""文化""创业""建筑""出行""服务""治理"几大板块，基本涵盖了村民生产生活的各方面需求。"长富云"小程序如同一个线上的行政服务中心，时刻为村民提供服务。

长垄村还把智慧医疗"搬"进了文化礼堂，在大厅里专门开辟了公益体检区域，体检完后，一体机自动生成纸质的健康评估报告，包含慢性疾病风险因素分析、预防要点等信息，并每周安排专家义诊。目前每月预约

2021 年 8 月，长垄村文化礼堂公益体检区域

量接近 300 人次。

"长富云"还在"艺术＋数智"领域进行了尝试。在以手工创作为特色的创意园区——白桦嵊，集聚了木工、陶艺、服饰、雕塑等 30 多家文创工作室。有了"长富云"，这些文创工作室也从线下"搬"到了线上，登录小程序后，走到每一家店门口，就自动会展示这家店的整体介绍、在售商品、线上活动等信息。

2023 年 2 月，长埭村白桦嵊手作园——陶艺室

"长富云"也让文创产业和村民生活实现了有机融合——村民可以在线报名蜜蜡、花艺、印制等丰富的艺术课程，让艺术走进生活。让数字技术与村庄特色有机结合，极大地方便了村民们的生活，获得了大家的称赞。但是在村民肯定的背后，是李卫东带着基层干部们一次又一次的摸索和实践。为了打造数字乡村，长埭村党总支书记李卫东曾经带队，去省内外不少地方取经。"数字化应用场景五花八门，怎么才能打造一款符合长埭特色、实实在在服务居民的智慧系统呢？"在李卫东看来，未来乡村建设，不仅在于简单的数字技术的运用，还在于与村庄特色结合，发挥"1+1＞2"的作用。于是，李卫东决定把"根"扎到村民

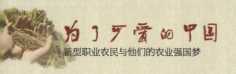
中去，陆续走访了 1300 多位村民和艺术家代表，听一听他们的需求和建议。"比如不少茶农对惠农政策等在线办理的需求就很集中，我们就想开发一个服务板块，解决茶农的实际问题。"

在考察了不少企业之后，一位叫宋博的年轻人走进了村干部们的视野。宋博毕业于浙江大学控制科学与工程学院，投身于创业大潮后，一直致力数字赋能未来乡村建设，这与长埭村的需求不谋而合。于是，双方共同开发了"长富云"智慧应用场景，并于 2022 年 9 月正式落地试运行。来到长埭村文化礼堂的指挥中心，这里有一面"长富云"智慧屏，集成乡村治理、生产管理、公共服务和生态监测等功能模块，将大数据、云计算、智能管理广泛运用其中，大大提升了基层社会治理效能。"长富云"背后的数据与健康检测一体机、24 小时为民服务自助机、西湖龙井茶产地证明标识时刻互通，村民在指挥中心大屏便可一目了然，为幸福美好生活提供了数据支撑。

2022 年 12 月，长埭村乡村小脑——长富云

让李卫东欣慰的是，使用"长富云"小程序的村民越来越多，"全村 360 户家庭，基本实现了每户至少有一位村民安装使用"。随着一项又一项的数字化建设落地，长埭村发生了根本性的变化。现在，健身的人多了，打牌的人少了——

这是短短两个多月来李卫东最直观的感受。"以前不少村民，饭都没吃好就相约打牌，现在不一样了，跳广场舞的、打篮球的人明显多了起来，就连我母亲，现在都成'粉丝'了！"原来，不久前村里举办了转塘杯、龙坞杯等篮球联赛，地点就在"网红"篮球场。每次比赛，就连老人小孩都早早地守在球场上做"啦啦队"，场面非常热闹。可以说"智慧乡村"托起了村民们稳稳的幸福。如今，伴随着长富云、茶农自助机、数字茶标、健康医疗、智慧球场等数字化场景走进了村民的生活，数字技术如同新鲜血液注入村庄脉络，与村子里每一位村民有机融合，改变了乡村的生产方式和治理形态，更加促进人和自然、人与人共生共富，让茶村焕发新的魅力。

如今，长埭村已经成了远近闻名的富裕村，村民们也过上了幸福的生活。但是李卫东的目标远不止于此。他站在茶园前，眺望着那一望无垠的田野，用坚定的神情告诉身后的村干部："让村民的日子越过越红火，越来越幸福，就是我们未来努力的方向。"

第四章

邹 杰
带领村民致富的"芒果姐姐"

　　华坪县是云南省芒果种植面积最大的县，在这里有 8 万多人从事芒果相关行业。邹杰是傈僳族人，有着傈僳族人传统的勤劳与质朴。当邹杰了解当地果农卖芒果的艰难之后，毅然拿出积蓄，创办了丽江华坪金芒果生态开发有限公司。该公司集芒果种植与销售、品种培育、农产品深加工、技术研发及电商运营于一体，充分发挥龙头企业的带动效应，推动当地芒果产业的发展。同时，公司还解决了当地大量妇女的就业问题。鉴于邹杰对当地农业作出的贡献，人们亲切地称她为"芒果姐姐"。从芒果种植、销售再到深加工，邹杰是当地唯一一位把芒果产业链做起来的女能人。凭借绿色有机种植的优势，公司的产品登上多家电子商务平台，让华坪芒果走出国门、走向了世界。

　　随着事业的蒸蒸日上，邹杰也获得了当地政府和社会的认可，先后荣获云南省科技特派员，丽江市优秀民营企业家、丽江市创业先锋，华坪县巾帼建功标兵、华坪芒果产业发展最美奋斗者，全国十佳农民等荣誉。

2020 年，邹杰荣获"全国十佳农民"荣誉称号

家庭变故　自强自立

儿时，邹杰有一个幸福的家庭。父亲是军人，母亲勤劳能干，把一家人的生活料理得井井有条，她有 7 个兄弟姊妹，这是热热闹闹、和谐幸福的一家人。但因父亲意外离世，母亲悲伤过度染病在床，一家人的生活难以为继。为了帮助家庭渡过难关，正在上学的邹杰悄然离开了学校，她决定自己去赚钱养家。

离开了校门的邹杰此刻才意识到谋生的艰难，瘦弱的双肩根本无法挑起生活的重担。邹杰来到了姑妈开的餐馆里打工，只能适当地为母亲减轻一些压力。小小年纪的她聪明伶俐，很快成为姑妈的好帮手。她可以手脚麻利地收拾餐桌上的杯盘，也能记住客人的喜好，在他们成为回头客的时候，推荐几道客人爱吃的招牌菜。而且她姣好的容貌、甜美的笑容，让客人有种宾至如归的感觉，于是对这个小服务员的好评不断。

邹杰并不是一个容易知足的女孩子，要强的性格让她明白，总在别人的屋檐下，很难获得长足发展。为此，她决定离开姑妈的餐馆，独自创业。

1998年，邹杰拿着自己辛苦攒的钱和东拼西凑借来的资金，在华坪县开了一家餐馆。从选址到装修，从采购原料到员工培训，她都亲力亲为，在竞争激烈的餐饮界慢慢站稳了脚跟。食客们都记住了这家餐馆的老板，是一个年轻能干的云南妹子。眼瞅着生意越来越红火，家里的经济条件也一天天好起来，母亲的脸上也出现了久违的笑容，但是在邹杰的心里，却涌出另外一个想法。

原来，在餐馆筹备开业的日子里，为了让装修达到要求，她曾多次前往昆明购买建材。昆明的建材种类丰富，而且紧跟着装修的时尚，这里有更为广阔的市场。城市的繁华吸引着年轻的她，于是萌发出想立足建材行业的大胆想法。俗话说，隔行如隔山，从餐饮业跨行到建材业，肯定有着许多障碍。于是她开始留意这一行的具体情况，打听各种各样建材的销售行情，了解人们进行装修的喜好。在一个又一个深夜，她在忙完了一天的餐饮生意之后，还要学习跟建材有关的知识，了解各种装修材料的性能。

家里人都不理解，母亲更是心疼她，劝她不要再折腾了。毕竟她是一个年纪轻轻的女孩子，找一个家境殷实的男人结婚，在家相夫教子，或许才符合当地人的生活轨迹。但是，邹杰却下定了决心，一定要好好地闯一闯。

在做好了充足的准备之后，她用开餐馆积攒的钱在昆明开了一家建材门店。聪明的邹杰极具做生意的天赋，她迎来送往，对各种建材的参数了如指掌，而且在客人进行装修的时候，还能提出一些中肯的建议。渐渐地，她的店铺生意做了起来，销售额也越来越高。不久后，邹杰又渐渐地萌生了开装修公司的想法。在多方考察之后，她以独特的眼光看中了丽江嘉和建材城。她觉得丽江的装修市场存在着巨大的潜力，是一片待开发的"蓝海"。

2003年，邹杰到丽江嘉和建材城开装修公司，一做就是5年。从当地消费水平来讲，她5年的收入实现了财富自由。此时，爱情也悄然降临，她遇到了中意的另一半，很快结婚生子。为了更好地照顾年幼的孩子，她放弃经营装修公司，选择了回归家庭。

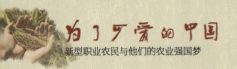

2008年底，她回到华坪，不再为衣食担忧的她，决定一心一意相夫教子。但几个月后的她，没有成为贤良淑德的好太太，却因为一件小事，再次改变了她的人生轨迹，成了无数人心中的"芒果姐姐"。

放弃安逸　回乡创业

2008年的一天，邹杰回到家乡的芒果山游玩。美丽的风景令人陶醉，她和几个小姐妹玩得非常开心。下山的时候，遇到一位老农在路边出售芒果。

邹杰从小就爱吃芒果，于是打算买一些回家尝尝。她询问了芒果的价格，老农无奈地说出了一个让她吃惊的价格，一斤才几角钱。平时超市的优质芒果，都是卖到十几元以上；而且老农的芒果个大味甜，果形也非常好看，这价格太低了。邹杰细问才知道，原来这一年，华坪遭遇了水灾，部分交通中断，很多果贩没有过来收果。再加上水灾，芒果减产，所以果农的收入可想而知。

2020年8月，邹杰在龙头果子山采摘芒果

这么好的芒果却卖这么低的价格，邹杰替老农心疼。她挑了一些芒果，在付钱的时候，特意多给了老人一些。老农非常感动，但是坚决不肯要。他恳求邹杰："看你像城里人，认识的人一定很多，帮我们果农卖一卖芒果吧！"这让她的内心难以平静。

"这么好的芒果怎么可能没有市场？"邹杰非常确定华坪芒果能有好市场，只是没有被发现而已。她的内心受到了很大的触动。但是新鲜的芒果，是不容易保存的，当地炎热的气候，再加上运输时间长，果品难免会有损耗。但是，如果进行深加工，果农们是不是再也不会担心果品卖不出去了？

"我从小在农村长大，是一个地地道道的农民，跟爸爸妈妈一起种地。记得小时候种了很多蔬菜，但经常很便宜都卖不出去，只能烂在地里。农民就是一直在盼，盼到收获的时候能有一个好的收成。就感觉自己长大了应该做一些事情帮帮农民。"邹杰回忆说。

一次偶然的机会，邹杰结识了华坪县人民政府调研员张云琴。张云琴长期从事"三农"工作，对华坪县内外行情比较熟悉，为人又热情厚道，邹杰亲昵地称她为大姐。张云琴当时给邹杰讲了许多适合做芒果的优势。从大姐那里，她学习到了很多芒果知识，这为她投入芒果产业打下了坚实的基础。

在张云琴大姐的热心帮助下，邹杰于 2009 年创立了丽江华坪金芒果生态开发有限公司（以下简称"金芒果公司"）。公司创立之初，她坚持"为耕者谋利，为食者谋福"的初心，她想帮果农联系县里的深加工企业，将芒果做成果汁、果干等产品。可一打听才知道，华坪县根本没有规模化的深加工企业。得知这一消息之后，她下定决心，要做芒果的深加工，带动果农提高晚熟芒果的附加值，从而提高果农的经济收入，推动华坪芒果产业持续健康发展。

于是，邹杰立刻着手开始调研。她自费去了很多城市，对芒果深加工产品的市场进行了大量的调研。大量的数据出来之后，她开始认真地进行分析和对比。最后，她得出了结论："通过大量调研发现，我国芒果浆市场消费量正在以 10%—20% 的速度增长。当时，芒果原浆市场可达 120 万吨，芒果干市场规模约为 100 万吨，深加工市场容量巨大。"邹杰对芒果深加工产业信心十足，于是在公司成立后就启动芒果原浆的投产。

邹杰先是租下了一处旧厂房，马上寻找合适的芒果浆生产线购入设备，招纳工人。一切工作紧锣密鼓地展开。家人得知这一消息，纷纷劝她不要再折腾了，现在的生活条件不错，又不缺钱花，何必自讨苦吃呢？但是这个倔强的傈僳族妹子，认准了的事情绝对不回头，她有决心也有毅力把这件事情做好。

在炎热的天气里，她带着工人下乡收购芒果。为了不让果农吃亏，她定的价格比市场偏高。货源很快就有了，工人也到位了，设备安装好之后，她马上带着工人开始生产。车间里，响起了隆隆的机器声，她兴奋地期待着自己的产品诞生。

老人们常说，初入一行总是要先交学费的。邹杰创业起步亦出师不利。

当时，公司生产的第一批芒果浆销往省内各饮料企业，纷至沓来的订单让邹杰心情振奋，准备大干一场。但是，缺乏经验让邹杰吃了大亏，主要是厂房建设标准化不高，生产技术操作规程不完善，还有就是收购的果品价格偏高等。这导致厂家纷纷退货，不符合标准的产品堆满了车间。邹杰痛定思痛，让工人将不合格的产品埋掉。工人暂时放假回家，昔日热闹的厂房，立刻陷入了安静。

夜里，邹杰翻来覆去睡不着，她不甘心就此失败。同时，她也深刻地意识到，公司的发展必须重新定位，严格按照国家食品标准进行生产，并与国际接轨。

当时，华坪正在筹办首届芒果文化节，意在"以果为媒、以果招商"，打响芒果之乡品牌。邹杰更加坚定了继续做芒果深加工的决心。她对家人说："政府支持、果农期盼，我作了人生最大的决定。"

邹杰不再急于求成，她前往福建、广西、海南、成都等地考察。通过考察，她深有体会，要想保证原料的果品质量，最好的办法就是拥有自己的种植基地。她四处学习取经，结识了很多有才华的人，这些人在生产和经营上，给了她诸多良好的建议。在征求了很多专家的意见之后，她开启了第二次创业之路。

2011年，邹杰向华坪县人民政府呈报了《优质晚熟芒果产业化开发项目申请》，购买荣将镇和爱村鱼苗场土地124.8亩，总投资1.2亿元，于2015年建成了芒果原浆生产线；并于2017年、2018年建成了芒果干、速冻果块两条生产线。

2016 年 8 月，芒果原浆生产线投产

扶危济困　助农兴农

邹杰经常说："人在困境中得到的帮助，倍感温馨，最易铭记。因为有了众多人的关爱，所以我觉得自己很幸运，更希望这样的爱能够在更多的人中间持续传递下去。"

邹杰曾徒步跋涉几十千米，去中心镇拉毕村洽谈承包 1 万亩荒山做芒果种植基地的事情。很多人难以想象，一个女人如何穿越那些交通不便利、车辆无法通行的偏僻乡村，寻找种植基地的情景。作为农家出来的孩子，邹杰从来不怕吃苦。

一天中午，邹杰来到了一个名为火干坡紫荒林的村子。此时的她，被烈日晒得阵阵头痛，脚板磨起了血泡，已经累得筋疲力尽了。到了午饭时间，她早就饿得头晕眼花，可是在偏僻的村子里，哪有什么饭馆？她人生地不熟的，连个小卖部都找不到。就在她累得走不动，在路边歇脚的时候，遇到了一位善心的阿婆。"孩子，进来坐坐歇歇脚吧。"老人家见她这副样子，于是热情地招呼她进家门。

邹杰跟着她迈进了那个简陋的家。老人家为她端上了热气腾腾的饭菜，虽然只是粗茶淡饭，但对饥肠辘辘的邹杰而言，却胜过山珍海味。她无比感激地看了阿婆一眼，心中暗下决心，将来一定为这些贫困的人们贡献自己的力量。

每年的 7 月，华坪芒果进入销售旺季，会产生大量次果，这些果都是由于卖相不好看而被分选出来的，果实品质都没有问题。果农出售芒果的价格非常低，最便宜的时候，每斤只有 0.2 元—0.3 元，农民辛苦一年的收入是微薄的。然而即便是这样，还有大量的次果卖不出去，只能被果农喂猪喂鸡，甚至埋掉丢弃，不能产生真正的经济效益。

此时邹杰开办的金芒果公司，已经渐渐步入生产的正轨，并引进大量的科研单位合作开发新产品。芒果原浆、芒果干等产品深加工链条已逐渐成熟，她的企业有能力消化这些次果，并且能给果农较为理想的价格。在她的主张下，当时工厂次尾果的收购价格为每斤 0.5 元—0.8 元，而做速冻的芒果价格为每斤 1.5 元—2 元，芒果等级不同，价格也不同，果农都愿意为邹杰的企业供果。

公司成立以来，邹杰始终热心公益事业，以自身的力量帮助社会弱势人群，通过爱心救灾、捐资助学、捐赠物资等助力脱贫攻坚和乡村振兴，在促进经济效益稳步提高的同时，肩负起应尽的社会责任和义务，为促进企业和社会的共同发展而努力。

有机认证　标准种植

市场竞争千变万化，各种新产品层出不穷。但是邹杰明白，要想在激烈的市场竞争中站稳脚跟，一定要保证企业生产出优质的产品。要想让产品过硬，芒果原材料的品质极为关键。邹杰决定开发种植一些优质的晚熟芒果品种。2011 年，在石龙坝租用 5000 亩荒坡种植芒果，为了保证基地生态多样性及芒果品质，芒果基地在生产中坚持不使用除草剂和化学农药，以人工除草、物理杀虫等方式确保产品品质。

生产车间一派繁忙的景象

在乡村，果农进行芒果种植的时候，通常采用传统的种植方法。当邹杰推行有机绿色芒果种植方法的时候，乡亲们起初并不理解。他们觉得，自己种了一辈子芒果，如果不打农药，果树怎么种呢？再者，最初承包荒地的，大多数是贫困农民，无论是芒果苗还是肥料，都是一笔不小的花费，他们根本无力支付。

邹杰早就全面考虑到了这些情况。她在公司成立了农资部门，以"公司＋基地＋农户"的模式，带动周边贫困户种植芒果；公司为贫困户发放芒果苗、肥料，提供技术支持等，还聘请了芒果权威专家担任技术顾问，定期对合作社种植人员和石龙坝镇基佐村一带果农进行晚熟芒果控花技术、病虫害防治等方面的培训。

2021 年 4 月，公司石龙坝芒果基地景观

如今，5000 亩芒果园已进入丰产期，每亩产量 2000 斤左右。芒果通过了绿色食品、有机产品认证，2021 年石龙坝芒果基地成为云南省首批数字化示范基地。

产品质量再好，也要倚重可靠的销售渠道才能打开市场，而有机产品认证的芒果价格高，仅在当地销售，效果并不理想。邹杰决定，向更广阔的市场拓展，让大家吃到绿色安全的芒果，让乡亲们尽快富起来，让华坪芒果真正走出国门、走向世界。这是她的愿望。

于是，邹杰带着她的"丽果"牌芒果来到了云南昆明，参加了云南省"绿色食品牌"的评比。

不出所料，邹杰用心经营的有机绿色的"丽果"牌芒果凭借出众的口感和品质，一举获得在座评委的青睐，在云南省打造世界一流"绿色食品牌"中连续四年获评"十大名果"，2020年还取得了"十大名果"第一名的好成绩。这些荣誉无疑给公司的产品做了宣传，同时也更加获得了市场的认可，前来下订单的客户因此络绎不绝。当地的果农，再也不会因为芒果卖不出去而发愁了。

2019年10月，邹杰参加上海对口帮扶特色商品展会，丽江市委原副书记何玉兰（左二）、丽江市原副市长王斌（左一）亲临上海参加帮扶展销会

电商"快车"　热销全国

近年来，云南省华坪县芒果产业快速崛起，成为云南最大的芒果产区。

到2022年末，全县芒果种植面积达到44万亩，年产量达39万吨。随着种植面积的逐步扩大及产量的增加，芒果产业链也亟待发展。为此，华坪县不仅大力提升芒果品牌品质，还积极拓展芒果产品的深加工，有力促进了全县芒果产业的转型升级。与此同时，如何开辟新的销售阵地，也一直是邹杰在认真考虑的问题。

随着互联网的蓬勃发展，电商逐渐兴起。邹杰面对这一新的社会变化，也有了自己的心得体会。她认为，"如今的市场，不是因为你做得不好、不够努力而被淘汰，而是因为你跟不上时代而被淘汰"。邹杰敏锐地发现了互联网商机，将公司销售重心果断移至互联网上。

邹杰开始带着自己的团队攻占各个电商平台，均取得了不错的销售业绩。

"如果运作好，电商的威力非常大，目前公司60%的产品都是通过电商销售。"这是邹杰的体会。同时，她也像一位指挥作战的将军一样，为公司产品做了精密的布局。如同下棋一样，她的每一步，都走得谨慎而小心。在公司的系列产品中，速冻产品是公司的主攻线，其食用的新鲜度比较适合现代消费者需求。公司生产的芒果原浆、速冻芒果块以订单形式畅销北京、上海、福建、中国台湾等地。随着销量的增加，所收购的芒果也不断增加，每年都能让华坪广大果农增加收入。

邹杰并没有止步于此。凭借着敏锐的观察，她意识到了短视频平台直播是一个良好的"风口"。她敏感地感受到了直播带货的浪潮，于是邀请一些头部主播来芒果园里带货，一天能卖掉几十万斤芒果。与此同时，她自己在短视频平台也开了"芒果姐姐"的账号。她开始有意识地通过自媒体视频，为自己的

2020年8月，邹杰与华坪网红鑫妹儿在公司直播销售芒果及公司产品

产品做宣传。在她的个人魅力感召下，在平台上积累了大量的粉丝。大家亲切地叫她"芒果姐姐"，这名字比公司的品牌还出名。

梦想实现 砥砺前行

在公司盈利的同时，邹杰并未忘记保障种植户的利益。在她的主张下，金芒果公司与9家农业合作社联合成立了华坪县万民新农产品产销联合社，带动合作社内果农300多户及合作社外果农400多户，每户每年增收5000元以上；金芒果公司销售的鲜芒果和深加工生产线收购的次果，70%以上都来自农业合作社和带动的果农，公司给予高于市场的价格，优先收购建档立卡户的芒果。

2018年，公司在石龙坝镇开展扶贫工作

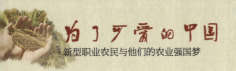
国内芒果深加工市场巨大，消费容量正逐年增长。邹杰经过向专家咨询，再凭借多年的种植经验，她判断基地挂果率将达到 60%—70%，但就算全部挂果，也满足不了加工厂的需求。邹杰的目标，远不止于此。目前，公司每年用于深加工的芒果需求量约为 1.5 万吨，为了保证芒果供应量，金芒果公司与 600 余户果农形成长期供应合作关系，覆盖无公害认证芒果面积达到 4.8 万亩。公司的农资部门，优先优价收购合作果农的次尾果，并为他们提供优质有机肥、生物农药以及技术指导，实现了双方共赢。

邹杰一手创办的企业，极大地推动了当地经济的发展。公司的芒果深加工车间每天有 100 余名周边的农民参与生产，先后解决了 1.2 万人次的临时就业，她对当地果农所作的贡献，也引来了多家媒体的采访。面对各家媒体记者，她露出大方而自信的笑容："我有一个梦想，未来让大伙儿开着宝马种芒果！"一直以来，她追逐着自己的梦想，一步一个脚印。她始终坚信：这个 5 年前定下的梦想，不是痴人梦呓。

金芒果公司在和爱村五组建设的芒果深加工基地全景（2022 年摄）

现在，华坪的芒果产业发展得越来越好，昔日落后的乡村面貌也有了大的改观，越来越多的人实现了开着宝马种芒果的梦想，通过芒果产业实现了增收致富。

2020年农民丰收节之际，邹杰荣获全国"十佳农民"。在颁奖结束之后，她感慨万千："拿到'十佳农民'的荣誉我非常激动，也非常高兴。我很感谢老百姓对我们金芒果和我们创业新农人的认可，但我们还任重道远，未来还要带领大家一起脱贫致富奔小康，发挥更大的力量为乡村振兴作贡献，让大家过上更好的生活。"

党和国家一直很重视农业发展，她也看到了未来的希望。如今，邹杰觉得自己的肩上多了一种使命感——她决定和当地的农民一起，把芒果产业坚持做到底。今后，"芒果姐姐"和她的金芒果公司将在创建中国大健康芒果第一品牌的路上踔厉奋发，砥砺前行。她的愿景目标——让每颗芒果成为"金果子"，让每棵芒果树成为果农发家致富的"摇钱树"，让家乡的每座芒果山成为乡村振兴的"金山银山"。

第五章

陈建坤
让海鳗养殖产业和绿色发展并肩而行

在福建泉州的海鲜批发市场，一位客户正在精心挑选着海产品。当他捞起一条海鳗的时候，渔民陈建坤热情地上前介绍，称这是真正的海鳗，跟其他的普通鳗鱼不同，它的肉质更加紧致鲜美，独具风味。看着客户疑惑的神情，陈建坤利落地一把捞起海鳗，认真地介绍起来。新鲜的海鳗灵活地扭曲着身体，这种美味的海生物，对食客而言充满了诱惑。

陈建坤是福建省漳州市漳浦县人，在当地的白沙村生态养殖区域，他有自己的"养殖王国"——海鳗养殖场。为了保持良好的水质，他采用了立体养殖模式，获得了良好的效益，他也因此在当地小有名气。

陈建坤生于海边、成长于海边，一身渔民气息。他长期在水产养殖业摸爬滚打，饱经风霜，练就了结实的身体和现代渔民的品格，更是在风浪中成长为扎根渔业产业的新型职业农民。

2020年9月，陈建坤获任福建省渔业行业协会监事长

　　如今，陈建坤担任漳浦县海鳗专业合作社会长。在当地人眼中，他是一位"养殖专家"，附近很多养殖户前来向他请教。他凭借自己丰富的养殖经验，指导大家因地制宜推进养殖尾水治理工作，依据池塘鱼菜共生综合种养模式、池塘底排污生态化改造模式、多级人工湿地模式、池塘工程化循环水养殖模式、生态沟渠净水模式、多级沉淀池和其他资源化利用方式治理模式，对老旧的养殖场进行改造，从而发展为多种形式的标准化生态养殖模式，大力实施池塘标准化改造。经过改造的立体化海鳗养殖方式，将会推进智慧水产养殖，引导物联网、大数据、人工智能等现代信息技术与水产养殖生产深度融合。在陈建坤等一批带头人的努力下，不仅合作社社员共享了发展成果，还带动了周边地区共同发展，他被当地群众盛赞为渔民致富的"领头雁"。陈建坤被农业部授予2014年度"全国十佳农民"荣誉称号，多次被中央电视台、福建省电视台及《大公报》《福建日报》等多家媒体宣传报道。其合作社也先后获得农业农村部等部委审定的国家农民合作示范社、福建省渔民专业合作社示范社、漳州市渔民专业合作社示范社、漳州市农民专业合作社示范社、漳浦县龙头企业等荣誉称号。

在陈建坤看来，产业需要发展，环境更需要保护。而他自己也在养殖的过程中，主动破解养殖环保难题，通过探索水产养殖的绿色发展模式，实现了养殖产业和绿色发展的"双丰收"。

2012 年 8 月，陈建坤在白沙村海鳗收购点

儿时赶海　结缘海鳗

在福建南部的古雷半岛和六鳌半岛之间，有一个叫旧镇的小镇子。在这里生活的人大多是渔民，他们向来以"讨小海"和捕鱼为生。

陈建坤自小生长在这里，"讨小海"是他童年生活中最大的乐趣。那时的他，常常和小伙伴们一起去钓海鳗。海鳗是一种营养丰富的鱼，蛋白质高，脂肪少，含有丰富的不饱和脂肪酸。当然，最重要的是这种鱼无比美味。但是在陈建坤和小伙伴们的眼中，钓海鳗却是一种非常有趣的"游戏"。

幼年的陈建坤家庭贫困，经济条件不好。兄弟姊妹四人，全靠父亲一个人养家。他清晰地记得，有一次学校的老师让交 1 元 2 角的学费，家里东拼西凑，却凑不够这笔钱。所以，陈建坤很小的时候，便懂得为家里的生计筹划。当他将钓来的

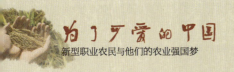
海鳗交给妈妈的时候，一家人都会很开心。这意味着餐桌上会增加一道美味。当陈建坤获得妈妈夸奖的时候，他总是想着下次做得更好，钓更多的海鳗回家。

在靠近小镇的海湾上，有着大面积的滩泥。这片滩泥看上去不起眼，却是收获海鳗的宝地。海鳗喜欢钻泥打洞，这里可是它们的乐园。因为海鳗没有鳞片来保护身体，所以如果泥土带着沙粒，会对它们的身体造成伤害。于是在漫长的进化过程中，海鳗钟情于这种烂乎乎的滩泥。这里是它们的繁衍生息之地。

2011 年 9 月，白沙村海鳗养殖场，陈建坤和渔民一起工作

对陈建坤和小伙伴们而言，抓海鳗的过程充满了乐趣。当他的小手抓住海鳗滑溜溜的身体时，心里总是乐开了花，这意味着又可以吃到美味的海鳗饭了。

2011 年 12 月，白沙村海鳗养殖场向渔民收购海鳗出口韩国

　　随着时间的推移，陈建坤渐渐长大了。成年后的他，渴望外面的世界，于是跑到厦门市水闸批发市场打拼多年。在他的记忆中，这是一场闯世界的冒险。

返乡创业　百折不挠

　　陈建坤在外打拼的几年间，体会到了人生的苦辣酸甜。漂泊他乡，总会有一种无所依傍的感觉，他无时无刻不想念着故乡。随着成家后有了儿女，陈建坤决定回老家。

1998 年 10 月 15 日，陈建坤在厦门市白城放生海龟

　　2000 年，陈建坤返乡创业。他的家乡漳浦县旧镇一带原是我国南方著名的对虾养殖区，养殖面积 6 万余亩。当时，很多渔民养殖南美白对虾。

2010 年 8 月，陈建坤前往香港地区与客户洽谈出口日本海鳗事宜

　　为了扩大虾苗产业，养殖户各自筑池养苗，一条管子抽海水，一条管子排尾水（残饵和粪便导致的污染水体），海岸遍布取水管，部分区域沙滩出现污染，有的海域水质下降。尾水若得不到及时有效处理，就会污染养殖水域环境，还会导致鱼类、虾、蟹等暴发疾病甚至大面积死亡。为此，当地的对虾养殖业受到重创。于是，很多人开始尝试寻找新的出路。陈建坤目睹了身边环境的变化，他开始尝试养殖小时候经常钓的海鳗。

　　陈建坤发现，多数渔民养殖海鳗的方式比较简单，主要是底泥加上海水，再投喂一些新鲜的小杂鱼，这样一来，池塘里的海鳗就会像生活在自然的海里一样，长势很好，生长速度比较快。每年春节到四月，是白沙村海鳗养殖收获的季节。捞鱼对于很多地方的养殖户来说是件稀疏平常的容易事，但在白沙村却是件费劲的难事。因为海鳗不同于河鳗，它长有尖利的牙齿，别说小鱼小虾，连螃蟹都可以吃，不小心被咬一口，就是好几个洞，马上流血。刚开始养殖的时候，陈建坤都不记得自己被咬过多少次了，如今他的手上还有被海鳗咬过的伤疤。尖利的牙齿使得海鳗具有凶残的撕咬能力，鱼、虾、蟹都是它们猎食的对象。不过凶猛的海鳗也有温和安静的一面。除了捕食，海鳗更多的时候会钻进泥里。随着对海鳗习性的了解，陈建坤越来越有"抓捕"经验，每次起鱼都会请专业的抓鳗人共同完成。

开始的两年，陈建坤像其他养殖户一样用野生海鳗苗进行繁殖，获得了可观的收益。到2010年，白沙村水池里的海鳗突然开始大量死亡。当时没经验，大家都不清楚是什么病。有人把这种病起名为"耳朵红"，只要海鳗得了这种病，很快就会死掉。当池塘里放上几千条海鳗的时候，可能有一大半很快就会染上这种病死掉。这让陈建坤头痛不已。"当时我们解剖病死的海鳗，发现它的胃空空的，什么东西都没吃，这是得了肠炎。"陈建坤说。

水产养殖最重要的是保证水质，陈建坤他们正常是每天排换一次水。涨潮的时候，水位升高，外海的海水大量涌入旧镇湾，水流经过这样的交换，水体就会变得很清澈。这时候进水，水质好，对海鳗及鱼、虾的生长都很有利。加上自己是生态混养的模式，陈建坤等很多养殖户对自己的池水很放心。如果不是水质原因导致的，那为什么海鳗会得肠炎死亡？陈建坤在与厦门海洋

2009年春节，白沙村海鳗养殖场捕捞海鳗

职业技术学院水产养殖专业的专家沟通后，将目光盯在了池塘底部的泥土上。

四五十厘米厚的底泥是海鳗栖息之所，两年下来积累的死亡的浮游生物，以及鱼类的粪便，使得底泥滋生细菌，提前老化，没有活性。2010年气候异常，持续的高温天气使水温升高，底泥上的细菌活跃起来，致使海鳗染上细菌性肠炎。得了肠炎就不想吃东西，这时如果还像平日里一样投喂小杂鱼，鱼没有被吃掉而

又产生大量粪便就会加速底泥的恶化。为了避免海鳗再次得上肠炎，保证良好的水质，陈建坤和当地养殖户决定在收获之后进行池塘底泥清淤工作，并且这个工作以后年年都要做。让底泥始终"年轻有活力"，清理出来的底泥，晒干、杀菌后再次利用；或政府配套运泥车，底泥运载到下游的有机肥厂做有机肥，变废为宝，形成完整闭环。

底泥清理之后，海鳗就再也没有出现大规模死亡的现象了。但好景不长，不知从何时开始，池塘里每天都会出现几条海鳗的尸体。由于海鳗在白沙村养殖时间不长，经验积累不够，当时没有人能说清楚海鳗死亡的真正原因。这让陈建坤等人头痛不已，若后续每天都有海鳗死亡，等到收获的季节，他在经济上将遭受很大损失。海鳗原本主要依靠海洋捕捞，很难找到相应的养殖经验进行参考。陈建坤在东奔西走之后，终于了解了海鳗陆续死亡的原因。原来，在海水池塘（早先的虾池）单独养殖海鳗，由于养殖过程中过度强化了海鳗这一生物因子，导致鳗池生态系物种组成失去平衡，大量投饵导致有机污染，因此不得不使用药物，但同时也破坏了池中有益微生物，使大量残饵和代谢废物等有机物不能被微生物有效分解，从而沉积于池底或悬浮于水中，造成物质循环受阻，有机耗氧量增加，溶氧量下降，NH_4^+（铵根离子）、NO_2^-（亚硝酸根离子）等有毒物质增多，进而导致鳗池疾病的蔓延和海鳗陆续死亡。

立体混养　苦尽甘来

当时海鳗养殖眼看就要失败，陈建坤外表虽然刚强内心却在流泪。是坚持还是放弃，是改行还是守望旧业？面对艰难的抉择，陈建坤凭着闽南人"爱拼才会赢"的精神，凭借对水产养殖事业的执着追求，决心坚持到底，背水一战。

当时，由于严重亏损，入不敷出，他几乎变卖了所有家当。一方面投资改造老旧池塘、购置养殖设备、安装电力设施、改善进排水系统；另一方面多方求教于水产专家，走南闯北考察学习养殖技术，钻研养殖理论、大胆实践。

此后不久，陈建坤发现在池塘里出现了对虾、黄鳍鲷，数量还不少。原来更换海水的时候，海湾里的一些鱼虾也被带进池塘，久而久之，那些没有被海鳗吃掉的鱼虾存活了下来，而且长得很好。于是，他灵机一动，白沙村盛产黄鳍鲷、对虾和花蛤，如果在鳗鱼池里能够养上鱼、虾、贝，不仅能提高池塘效益，还能弥补海鳗死亡的损失。在陈建坤看来，这样的混养方法，可以形成无公害的生态混养。海鳗是食物链的顶端鱼类，它们吃剩下的食物残渣，会成为黄鳍鲷的食物。而黄鳍鲷吃剩下的残渣，又会成为对虾的美味。这样层层食物链传播下来，只会剩下最底层的食物残渣。对最底层食物残渣的及时清理就能保证池塘的水质。

陈建坤开始验证自己的想法，在主养海鳗的池塘，混养上了对虾、黄鳍鲷，结果海鳗死亡现象少了，鱼、虾、贝的品质提升了，池塘综合效益也提高了。一般20亩池塘海鳗的年收入在四五十万元，再加上出售黄鳍鲷、泥蚶、虾，收入非常可观。从此之后，海鳗和鱼、虾、贝混养的生态模式不仅在白沙村，而且整个旧镇都开始纷纷效仿，这也让漳浦县委看到了一条通过海鳗产业振兴乡村的路子。

陈建坤说，自己养的鱼、虾每天都要赛跑，要不然就会被海鳗吃掉。有病的、跑得慢的对虾，除了会被海鳗吃掉，也会被肉食性的黄鳍鲷所捕食；而有病的、跑得慢的黄鳍鲷也会成为海鳗的美味。大鱼吃小鱼，小鱼吃小虾，尽管是人工养殖的池塘，却也和自然界一样遵循着优胜劣汰、适者生存的法则，形成了立体混养模式。自从混养之后，养殖海鳗的池塘里便不再出现病虾、病鱼，病菌在池水中就难以传播，而这种混养的方法，还减少了残饵对水质的污染，黄鳍鲷、海鳗吃剩下比较小的颗粒，对虾能及时吃掉。池塘里有了对虾反而减少了剩余饵料对水质的污染。水环境越来越好，海鳗自然不再发病，黄鳍鲷和对虾也很健康。

2015 年，陈建坤陪同省市及县海洋渔业局领导来白沙村养殖场视察

　　陈建坤和当地养殖户体会到了混养的好处，又在鳗鱼池里养上了泥蚶。带血的血蚶，血越浓，它的质量就越好。带血的泥蚶和海鳗同样喜欢生活在泥里，陈建坤让它们住在一起，二者却没有成为争地盘的冤家。就在陈建坤偶尔一次放水收获时，找到了泥蚶和海鳗和谐共处的奥秘：在养殖海鳗的池塘里，高出来的滩泥，是泥蚶的居所；低下去的泥沟里住着海鳗，使得它们虽然都生活在泥巴里，却互不干扰。不过，陈建坤他们这中间高四周低的池底设计，还不单是为了避免海鳗和泥蚶的地盘之争。泥蚶主要以硅藻为食，硅藻大多生活在阳光充足的水体表层。陈建坤让泥蚶住在滩泥的高地儿，也是为泥蚶取食着想。

　　海鳗实现生态养殖后，长势好、速度快，当地越来越多的渔民来陈建坤这里学习技术，改养海鳗。全镇的养殖面积迅速发展到 1.2 万亩。根据生态平衡、物种共生和对物质多层次利用等生态学理论，人为干预，促使系统内各种动植物通过各级食物链相互衔接。鳗池混养的贝类以泥蚶、花蛤为主，这些贝类多以小型浮游植物和悬浮有机颗粒物质为食，能防止鳗池有机污染，保持水质稳定，提高鳗池能量转化效率。同时混养的还有石斑鱼、黄鳍鲷和对虾，这些生物相互竞争，弱小的鱼、虾被海鳗蚕食，形成了优胜劣汰的格局。看似惨烈，却符合自然生存法则，正所谓"恰是羊群放进狼"。这种人为重构水产养殖食物链及生态环境的养殖模式，既提高了鳗池中各种养殖产品的产量，又促进了鳗池生态环境的自我净化；既提高了养殖产量，又提升了水产品抗病力和质量安全水平。陈建坤的养殖场自成一套"生态系统"，无须排放养殖尾水。收获的季节到了，陈建坤鳗池的鱼、虾不仅没有被海鳗吃掉，有的反而长得膘肥肉满，卖了个好价钱。海鳗也获得了丰收。

2018 年 6 月，陈建坤在海鳗养殖场

此外，陈建坤还和一些院校展开合作项目。在养殖场，挂着一块"乡村振兴学院教学实践基地"的牌匾。这是乡村振兴学院院长赵胜东授予南坤海鳗养殖专业合作社的荣耀。经过友好协商之后，双方就建设"乡村振兴学院教学实践基地"达成共识，将合作开展高素质农民学历教育项目和水产养殖技术相关培训项目。此后，这里的养殖场成了乡村振兴学院的基层水产养殖技术推广合作机构。"有技术、有规模、有特色"的

2018 年，农业农村部、省农业农村厅等领导来养殖场考察

养殖场亦成为"乡村振兴学院教学实践基地",为培养学院高素质农民学历教育项目提供了校外实践教学新场所,打造乡村振兴新引擎。

经过实践,陈建坤团队成功探索出规范的适宜当地发展的海鳗和鱼、虾、贝高效生态立体混养技术与模式。取得了初步成功之后,他并未停下脚步,而是开始探索海鳗与石斑鱼、黄鳍鲷、对虾和贝类优化比例混合的立体养殖模式。他心系渔民,无私奉献,主动示范带动一批渔民共同发展海鳗生态养殖,使得当地水产养殖效益明显提升。

2018年,在陈建坤的带领和示范下,其合作社获得农业部"国家农民合作示范社"的荣誉称号。

开拓市场 合作发展

海鳗养殖产量上来了,下一步就是要做好销售。由于陈建坤在外闯荡多年,积累了不少与人交流的经验,因此他利用自己的特长,渐渐地成了帮助乡亲们销售海鳗的得力干将。

海鳗在国外是一种珍稀食材,价格高、销量好。常有国外的商人来白沙村,将海鳗买走,渔民们不用东奔西跑,在家门口就能卖个好价钱。

2007年,浙江的一个朋友带来一位韩国人和一位日本人,将他们介绍给陈建坤,表示这两位外籍商人要采购他的海鳗。陈建坤听说对方想订购20吨海鳗,大吃一惊。这在当时可是一个超大数目。为了让陈建坤放心,对方特意给他留下了5万元的订金。陈建坤自己的产量不够,便开始四处托亲戚朋友帮自己寻找货源。他忙了十几个昼夜,终于将海鳗的数量凑齐。眼看就要到约定交货的日子,却一直联系不上外籍商人,这让他心里没了底。约定的日期到了,外籍商人还没有出现,陈建坤急得团团转。这么大数量的海鳗是不可能大规模放养在池中的,只能密密麻麻地挤在水产箱里。显然,原本生长在海中的生物这样放置,不利于它们的存活。这样一来,会造成海鳗大量死亡。眼看着海鳗一条条死去,陈建坤心疼不已。他接着又联系中间人，但是对方也杳无音信。他只能将海鳗转销出去，可哪能这么快找到有如此巨量需求的买家？此事让陈建坤损失几十万元，元气大伤。这件事也给了他一个血的教训，他决定去开拓国内市场。

第一次开拓市场，陈建坤决定先去浙江。他一个人坐上绿皮火车，经过漫长的旅途，然后找到当地的海鲜产品批发市场。初来乍到，他不是直接就跟对方做生意，而是细心地观察，了解海鳗的销售情况和行情。如果只是走马观花地了解，那肯定不行。晚上，陈建坤就花几十块钱，住在小宾馆里。第二天再往海鲜产品批发市场跑。多看，多听，多问，多了解。每一句话，他都认真地询问，细心地记下。直到跟当地的海鲜产品商贩建立了良好的信任关系，他才敢把产品交到对方手中。结账的时候，他要求一定要用现金。吃一堑，长一智，陈建坤不允许自己再犯同样的错误。跑完了浙江，他又前往厦门、漳州……他一次又一次奔波在路上，他的客户也渐渐地多了起来。很多人成为他的知心好友，为他做海鳗生意提出了很多良好的建议。

做海鳗生意，最重要的是运输问题。第一次远途生意，总共300斤海鳗。陈建坤找了一辆大巴车，将海鳗放进泡沫箱里，在里边装上冰块，然后把泡沫箱放在行李舱运走。当他找到买主之后，打开大巴车的行李舱，却吓了一跳。原来海鳗的牙齿特别锋利，喜欢噬咬钻凿，结果把泡沫箱全咬烂了，行李舱里到处都是水，结果把里边弄得又脏又臭。司机说什么也不肯帮陈建坤拉货了。

在朋友的建议下，陈建坤立即总结经验，改用专业的水产运输车，从此之后，他开始往全国各地跑。北京、上海、宁波、杭州、厦门……每到一个城市，他都跑到当地海产批发市场，挨家询求买家。从最早的找市场，跑销售，到后来的做大做强，陈建坤凭借自己的智慧和能力，开拓出了自己的市场。

陈建坤身边的一些养殖户常为销售海鳗发愁，陈建坤看在眼里记在心里，决心要帮助渔民群众解决销售难题。他自筹资金，建立了海鳗集中收购点，收购那些没有销售渠道的养殖户的产品，利用自己的销售渠道，帮助他们打开销路，解决了他们的销售之忧，养殖户对他很是感激。

在打开各大城市海产品的市场供销渠道之后，陈建坤开始把目光盯在海鲜大饭店上。他凭借自己的经验和能力，引导酒店发展海鳗招牌菜，从而促进海鳗消费的盛行。此外，他还投入了大量的经费做广告，引导海鳗消费。陈建坤多次参加全国的海博会、农博会，尝试把海鳗加工制作成烤鳗和海鳗丸等预制菜产品。订单化生产，一系列的宣传和促销，最终解决了当地养殖海鳗销售难的问题。

如今在白沙村，一进去就能看到一个醒目的牌子——漳浦县南坤海鳗养殖专业合作社。

多年的海鳗生意，让陈建坤意识到单枪匹马远不及集体的力量更强大。2009年，陈建坤把村里养殖海鳗的农户集结起来，说服大家成立了漳浦县南坤海鳗养殖专业合作社，注册资金800万元。合作社的养殖面积达5000多亩，拥有100多户社员，主要从事水产养殖、水产品营销和相关的技术服务，年产值达近亿元。

合作发展，是陈建坤一直秉持的信念。他希望凭借自己的努力，让乡亲们都过上好日子。为了进一步拓展海鳗市场，陈建坤义无反顾地付出了许多，他将这件事当作一项事业来做。他设计制作了一些精美的水产品外包装，这样一来，产品投入市场之后，更受欢迎。陈建坤还牵头制定了一系列养殖操作规范，开展海鳗生态养殖标准化，与厦门海洋职

2012年11月，陈建坤牵头成立漳浦县南坤海鳗养殖专业合作社

2012年11月，陈建坤牵头成立漳浦县南坤海鳗养殖专业合作社荣誉证书

2013年10月，漳浦县南坤海鳗养殖专业合作社获评优秀理事单位

业技术学院乡村振兴学院共建教学实践基地，向新型职业农民讲授海鳗的养殖技术。中央电视台主动联系陈建坤拍摄海鳗生态养殖的专题片，报道他开展海鳗生态养殖的故事。

2023 年 10 月，漳浦县南坤海鳗养殖专业合作社成为厦门海洋职业技术学院教学实践基地

创建水产健康养殖示范场，是海鳗系列养殖产品质量优质安全的保证。到目前为止，当地的海鳗养殖，从来没有出现过产品的质量问题，主导产品获得了农业部无公害产品认证，还成功注册了海鳗等水产品商标和海鳗地理标志。陈建坤所在的漳浦县，是福建省的渔业大县，具有丰富的渔业资源和发展空间。

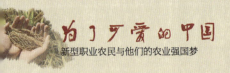
2013年，合作社浅海滩涂水产养殖总面积40.5万亩，产量37.14万吨，渔业总产值44.7亿元，位居全省首位。其产值占全县大农业产值的48%，位居大农业之首。渔业经济成为白沙村乡村振兴的重要支柱。

2013年，漳浦县南坤海鳗养殖专业合作社生产销售海鳗2800吨，血蚶2000吨，黄翅鱼1500吨，石斑鱼100吨，产值突破1.5亿元。如今，在陈建坤的带领下，更多的渔民加入了海鳗的养殖，有效地解决了当地村民的就业问题。渔民们不用跑到大城市打工，就能获得不错的收入。当地养殖业也有效地改善了当地的生态环境，渔民们在养殖过程中也更加重视环保问题，基本上都采用生态养殖技术。

如今，生态养殖的观念早已深入人心。人们可以看到，在这里，鱼、虾在清水中欢快畅游，池中的尾水排入沉淀池。微风过处，沉淀池泛起粼粼波纹，带动一排排整齐的漂浮板，生长在漂浮板上的绿油油的空心菜也随着波浪轻轻荡漾……

2013年9月，漳浦县南坤海鳗养殖专业合作社获评漳浦县人民政府龙头企业

2012年9月，漳浦县南坤海鳗养殖专业合作社获评省级示范社

2014年12月，陈建坤获评"全国十佳农民"

第六章

杨晓凌
以绿色生态推动产业辐射的种粮人

　　2023 年春天，一场小雨滋润了巴蜀大地，路两边的树木也变得更加青翠欲滴。在和煦的春风里，四川省广安市广安区惠民农机农艺专业合作社理事长杨晓凌，正在田间地头督促春耕生产。此时此刻，村里的喇叭不断播放着相关注意事项，催促大家抓紧时间春耕。一年之计在于春。农忙时节，时间不等人。这里是位于四川省广安市广安区悦来镇的灯塔村，在当地，灯塔村是远近闻名的蔬菜专业种植村。全村以种植大棚蔬菜和发展订单农业为主。眼下，在杨晓凌的带领下，在村口的田地里，有的村民正在平整土地，有的在施农家肥，远处的蔬菜大棚里不少村民在栽海椒苗……在杨晓凌看来，这是一块充满希望的田野，也是人间最美的风光。

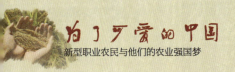

杨晓凌在花桥镇乡贤讲堂上发言

　　杨晓凌是四川省广安市广安区人，早在2013年9月，杨晓凌便加入中国民主建国会；2017年当选中国人民政治协商会议广安市第五届委员会委员，同年，杨晓凌荣获"全国农业劳动模范"称号；2017年12月，当选为四川省第十三届人民代表大会代表。杨晓凌先后获得"四川十大回乡创业之星""广安市劳动模范""广安市首届杰出人才""民建广安市委社会服务先进个人""广安区十大优秀青年"等荣誉称号。2021年被评为全国粮食生产先进个人。2022年8月23日，农业农村部官网发布了《2022年度"全国十佳农民"资助项目提名人选公示公告》，时任广安惠民农机农艺专业合作社理事长的杨晓凌上榜，成为2022年度"全国十佳农民"资助项目四川省唯一提名人选。

巴蜀大地　年少情怀

　　20世纪70年代，在广安区大安镇南桥村，当地的农民过着面朝黄土背朝天的生活。1974年3月16日，一个男婴诞生在这片土地上，父母为他起名叫杨晓凌。

当时的农村，物质匮乏，生活环境较差。在儿时的记忆里，杨晓凌总是对家门口的一条小路难以忘怀。那是一条泥土路，平时晴天走会弄一身土，雨天走会弄一身泥。杨晓凌上小学的时候，每天总是踩着这条路，去学校上学。如果碰到下雨的天气，情况就会变得更糟糕。下雨后鞋子上便糊满了泥浆，有时候摔上一跤，连裤子上都是。回到家里，妈妈免不了要责备他几句。当然，这个小村子里让他记忆深刻的东西还有很多，比如吃水，要去很远的河里去挑；又如做饭的时候还要去烧柴草，火焰总是伴着一股烟雾缭绕在锅底，在呛人的同时，屋内也被熏得一片漆黑，做一顿饭至少要 40 分钟，不仅耗时耗力，还很不卫生。当然这不是最糟糕的，生活的贫困与枯燥才是让人难以忍受的。也就是在那时候，杨晓凌暗自下定决心：将来一定要走出大山去看一看。他期望通过学习，改变自己的命运。此后的日子里，他刻苦读书，埋头于书本之间。昔日的少年渐渐长大，成为一名高中生。1993 年，高中毕业的杨晓凌以优异成绩考上了大学。不久，他进入西南师范大学经济系外贸经济专业读书，成为一名走出家乡的大学生。

生态蔬菜　品种创新

1995 年，杨晓凌以优异的成绩大学毕业，此后，他入职台湾华庆公司，并担任生产主管。忙碌的工作开始了，他将自己全部的生活热情投入这份新工作中。1998 年，杨晓凌得到了一个去日本学习进修的机会，进入日本茨城县旭村进行农协研修。1999 年，杨晓凌赴日本农业研修回国后，就职于四川省总工会四川职工对外交流中心，其间，杨晓凌多次赴日本农协学习工作。借鉴日本农协理念，结合广安地区的实际情况，他开始深入地研究农业，并努力将其变为自己的专业。在四川省总工会四川职工对外交流中心，他工作兢兢业业，获得了领导的认可和同事们的称赞。鉴于他优秀的表现，很快得到单位提拔，担任了四川省总工会四川职工对外交流中心驻日本代表、培训部主任等职务。

在生活空隙里，杨晓凌经常去超市购物。经过蔬菜区的时候，他很快注意到

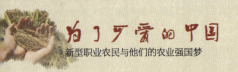
超市的生态蔬菜比普通蔬菜价格高三分之一左右。而且从顾客的角度讲，年轻人更乐意选购生态蔬菜。这意味着，在不久的将来，生态蔬菜有可能渐渐成为消费的主流。同样，其他的农产品，像稻米等粮食，也是生态类产品最受欢迎。杨晓凌逐渐意识到：未来，如果从事生态蔬菜的种植，一定有很广阔的前景。

2009年，杨晓凌决定回乡创业。不久后，他回到了自己的老家，创办了广安惠民农机农艺专业合作社。合作社成立伊始，按照日本技术进行有机蔬菜种植。他原本以为，自己曾多次去日本留学，有着丰富的农业知识，搞起蔬菜种植一定不在话下，可是谁料他的事业刚一开始，便蒙受了重大的打击。

由于不了解广安当地行情和气候特点，杨晓凌曾经在种植有机菠菜的过程中，经历了4次失败才种植成功。好不容易收获了合格的农产品，又因为适销不对路，出现大面积滞销的情况。合作社成立的第一年，就因为亏损举步维艰。在这种情况下，杨晓凌决定改变思路，他开始通过积极招揽技术和经营人才，多方了解市场，不断地改进自己的经营策略，优化自己的种植方法，改变自己的产品销售方式。

杨晓凌就像生长在菜地里一样，从选苗，到下种，日日夜夜在菜地里操劳，杨晓凌对自己的这片菜地倾注了很大的心血。等到收获的那一刻，他无疑是激动的，但是他的农产品却在市场上再度遇冷。在销售的时候，看到和自己同样的产品价格比自己卖得还要便宜许多，他明白，手上的这些蔬菜肯定是要滞销了。同质化的农业产品竞争，也让他意识到改变种植品种的必要性。同时，还要积极打开销售渠道，让这些农产品卖个好价钱。

一场新的革命在他的菜地里开展起来。几个月后，村民们惊讶地发现，在杨晓凌的蔬菜大棚里，碧叶葱茏的瓜架下，坠满了根根鲜绿翠嫩的苦瓜，这些苦瓜的产量比别人家的高两三倍，而且无论是从口感还是从外形看，远优于当地的品种。一些老菜农都没有见过这样的蔬菜，赶紧向他请教。杨晓凌微笑着向大家解释说："这种苦瓜叫碧秀苦瓜，特别能结瓜，多的一株能结100多斤。管理到位的话，亩产能达1万多斤，比一般的苦瓜产量高60%。"杨晓凌一边忙着摘菜、装筐、往车上搬运东西，一边动员大家跟着自己一起种。菜农们担心技术问题：这个新品种没有种过，万一砸在手里，怎么办？

杨晓凌看出了大家的担心，指着苦瓜开始讲解起来。碧秀苦瓜采用丝瓜藤嫁接苦瓜苗，抗逆性强、产量高。同时，如果抓紧时间，在6月就开始，采用错季栽培，比其他苦瓜晚栽3个月，那销售情况会更好。它上市期长，从7月到11月中下旬，历时5个月，错季销售，比市场批发价高出一倍，高达3元/斤。村民们一听兴奋不已，纷纷摩拳擦掌，准备大干一场。但是也有人担心销量的问题：如果卖不出去，那不是竹篮打水一场空吗？杨晓凌认为，普通蔬菜销售难的症结在于销售时间及产销信息方面。因此，他一直注重技术创新，不断更新蔬菜品种，实行错峰销售，蔬菜供不应求，并已经尝到了"甜头"。他早就去市场调查过，如果错季上市，在当地几乎没有竞争的对手。而且错季销售的蔬菜，比应季销售的价格要高出很多。另外，由于这样的品种在当地属于独一份，因此也有主动议价权。一番讲解之后，大家心满意足地散去，各自开始准备起来。

果然，碧秀苦瓜上市之后，很快接到了大量订单。在杨晓凌的安排下，菜农们将上百斤新鲜蔬菜采摘回来，分类装筐。这些蔬菜除供应当地超市外，还将直接配送到消费者家门口。从配货、称重、装车，用不了1个小时，司机师傅就可以驾驶着装满新鲜蔬菜的三轮车驶往几家社区门口及两家机关单位食堂。当天上午，司机师傅们便完成了配送工作。很快，菜农们就可以收到卖菜的钱。随着当地菜农种植规模的扩大，当地成立了蔬菜物流配送中心。到了采摘季节的时候，大量的蔬菜中转到当地的菜市场，被集中装车。很快，一车车重达20吨的新鲜蔬菜，从蔬菜物流配送中心发往当地乡镇的各个企业单位。这些蔬菜将通过两道分拣程序，并进行农残检测后，成为合格蔬菜进入食堂。中午的时候，便会端上大家的餐桌，变成众人面前的美食。这一系列的流水作业下来，形成了良好的农村产业链，菜农们再也不用发愁蔬菜的销售问题了。

接下来的几年间，杨晓凌又带领大家开启对接生产，这对供需双方皆有利。购买蔬菜的企业和单位能够根据所需推出订单给菜农们，菜农们根据订单生产，避免生产的盲目性，又能稳定蔬菜生产规模及价格，保障收益。而购菜的各个单位又能吃上优质"放心菜"，还能降低流通成本，节省成本。杨晓凌带领大家积极与企事业单位合作，拓展集团订购业务，这也带动了当地上百户菜农及蔬菜专业合作社增收。同时，杨晓凌还搞蔬菜批发，让部分蔬菜走"农超对接"模式。

2010年，合作社与重庆永辉超市进行"农超对接"合作，合作社发展也焕发了生机。为满足市场需求，合作社自2010年开始，通过统一提供种子和种苗、统一技术服务、统一销售的模式，先后发展广安区大安镇、浓溪镇、花桥镇、石笋镇、协兴镇、悦来镇、杨坪乡、恒升镇、郑山乡、前锋区观塘镇、虎城乡、代市镇等 30 多个乡镇，种植辣椒 8000 余亩，儿菜 1 万余亩。同时，结合广安地区农村现状，借鉴日本农协经验，合作社积极开展农机作业与现代农业技术相融合的探索。从 2009 年开始，合作社在广安区大安镇流转土地 3000 余亩，进行水稻全程机械化种植和早熟儿菜种植技术的试验示范并取得了显著成效。

蔬菜的销售除了走"基地＋集团"定向式生产，还在不断探索新的蔬菜销售模式。随着社会的发展，除了蔬菜批发销售外，他们还展开了"农宅对接""农企对接"等一系列探索，从而延伸出"农校对接"这种全新的模式，"接"出了新效益，实现了"市场需要什么，我们就种什么"。

通过一系列的操作，当地的农民对杨晓凌刮目相看。他们意识到，杨晓凌的思想更贴合这个时代。作为新型职业农民，杨晓凌闯出了自己的一片天地。但是他的目光远不及此，他有更大的一番筹划，并且已经悄然运作起来。

赴日学习　求变求新

杨晓凌平时总是很忙，好容易有个空闲时间，他与父母闲聊。父母谈及当今的幸福生活，历经艰难困苦的杨晓凌感慨连连："现在的生活的确是比蜜还要甜啊！这可是以前想都不敢想的事哦！"

如今，村子里早就铺上了现代化的水泥路，交通方便了许多。家家户户都买了车，出行早就不用靠走或者自行车。孩子们上学再也不用走土路了，即使下雨天脚上也不会沾一点泥。如今吃水也方便了，家家户户通了自来水。做饭再也不用烧柴草了。以前住的地方是坡坡坎坎，种菜的地少，现在开展了现代化的农业合作社，想吃什么蔬菜，马上就可以去买。

但是，在杨晓凌看来，生活远不是眼前的安逸和享乐。他迫切地渴望能在现有的基础上加以改变和提高。为此，杨晓凌曾多次赴日本农业协同工会学习。

机械种粮　科技下乡

作为广安惠民农机农艺专业合作社的理事长，杨晓凌深知自己肩膀上的担子有多重。一种强烈的要带着大家做出一番事业的雄心鼓舞着他。看到当地的农户们种粮和卖粮困难，他开始着手筹划，准备将新兴的科技种植技术引入当地，让农民们享受到科技发展带来的一系列福利。

春日的一天，当地人惊讶地发现，几辆大型农业设备出现在了村子里。原来，杨晓凌请来了城里的教授和专家来指导农业种植工作。在广安区粮油现代农业园区，广安区水稻产业发展科技服务团队在田间"把脉"施教，为粮油种植大户和业主讲解水稻夏管，指导无人机植保、施肥、配比等技术。

站在杨晓凌面前的人，正是专家服务团的首席专家——四川农业大学教授任万军。"水稻三分'种'七分'管'，现在正是'管'的关键时刻。"任万军热心地叮嘱大家。一群农民在杨晓凌的带领下，围在专家的身边，耐心地听他讲解。任教授告诉大家，水稻管理包括管水、管肥、管病虫草害，抓好了就能保证水稻高产丰产。为使技术服务效果达到最佳，专家服务团除结合丰富的案例和实景图片给规模业主、种植大户开展专业授课外，还将每个环节制作成技术明白纸，确保大家看得懂。在现场，任万军还耐心倾听大家的提问并逐一解答。人们兴奋地发现，原来种地还有这么多的学问和方法。他们深切地意识到，科技正在改变这个世界，同时也在改变着他们的思想和种植方式。以前传统的农业种植方式，早就不适合这个时代了。

自从任教授来当地指导之后，杨晓凌便带着大家按教授传授的方式和方法，从机械化育秧、插秧着手，利用无人机从病虫害防治、施追肥等方面进行了田间管理。那一年，水稻亩产最高达到 1400 斤。这在当地可是从来没有遇到过的事情。农民们兴奋不已。随着几年来大家的种植技术日益成熟，他们将从学、传、帮、带入手，对其他业主进行大面积的服务推广。当地农业发展得到了很大的促进与提高，昔日破旧的房屋，随着农民收入的增加，渐渐地变成了一栋栋的小洋楼，村里的面貌也发生了翻天覆地的变化。

土地流转　集约生产

为了提高种植效率，同时进行现代化农业科技的集约式生产，杨晓凌制订了周密的计划。很快，大量的土地流转到了杨晓凌旗下的广安惠民农机农艺专业合作社，而一些农民也因为合作社的成立获利颇丰。

村里有一位中年妇女，由于要照料孩子，根本没有办法去外地打工。这样一来，只能把收入寄托在家里的几亩地上。但是，由于家里没有机械，也不懂现代化的种植技术，导致收入仅能糊口。而自从她把土地流转给农业合作社种蔬菜，农业合作社又返聘她，每个月可以挣到 1000 元左右的工资，比自己种庄稼划算多了。而且在这里，她还可以学到很多知识和技能，大大增长了自己的见识。

但是在最初的时候，她可不是这样想的。当时杨晓凌动员她把自己家的 2 亩地加入流转土地，由乡政府和村委会组织大型机械统一调配，集中流转给农业合作社发展种植产业。当时，干了一辈子农活的她心里想不通，还曾发过牢骚："农民没有了土地，凭什么把肚子填饱？"但很快，她便发现自己的想法"跟不上形势"了。农业合作社除按每亩地每年付给村民土地租金外，还安排村民在地里务工，每天工作 8 个小时，工资按时结算，如遇活路较忙的季节，每加班 1 小时另算工资。一年的土地租金可以买到一亩地产一季的水稻，加上打工挣到的钱，收入应该不会低。在私底下和村民们算了一番对比账后，她毅然决定加入农业合作社。而像她一样的农民还有很多，大家都认为这样的方式更有利于自己家庭的发展。

有的人在参加农业合作社劳作之余，还喂养了家禽家畜，像养猪等。他们一边在农业合作社工作，一边发展农副业，收入渐渐增加，经济条件有了很大的好转。在杨晓凌的带领下，当地建设新农村，发展蔬菜产业，改变了当地农民的生活和劳动方式，也帮助他们增加了收入。除了外出打工的农民，大部分人都能在杨晓凌的农业合作社找到工作。随着大家的辛勤付出，每个人的钱袋子渐渐鼓起来。

技术推广 高效发展

如果只凭借专家过来讲几次课，只有短时间的接触，并不能解决根本的技术问题。杨晓凌想到了这一点，也深切地意识到这是一个长期而艰巨的任务。但是他有信心坚持下去，也鼓励农业合作社的同事们坚持学习。平时，杨晓凌就订购了大量的科学种植书籍，也经常带着大家去科研单位"取经"。一项项新农业技术随着他的努力，在农业合作社逐渐地进入实践阶段，也很快取得了良好的效果。但是随着现代化农业的发展，他们在种植过程中，也遇到了一些瓶颈。

为破解丘陵地区现代农业发展瓶颈，杨晓凌的农业合作社与四川农业大学深度合作，借智借力。目前在广安区粮油现代农业园区内建成智能化育秧中心、全程机械化＋综合农事服务中心，实现优质水稻品种天优华占、晶两优534、川康优2115栽种的普及，有效推广了暗化催芽无纺布覆盖及片层式泥浆育秧、减穴稳苗高效机插和无人机施肥等水肥高效管理技术。

为给专家服务团开展技术服务提供更好的条件，农业合作社专门在园区修建了粮油专家大院，配备功能齐全的水稻研究实验室，还建设了30亩专家科技创新示范田，构建"三同步四协作五结合"技术推广体系。自从开展水稻科技服务以来，任万军专家服务团实地指导多次，服务团的博士、硕士研究生常驻专家大院开展指导工作，有效推动了广安区建成丘陵地区宜机化作业样板区建设。

夜校授课 传授知识

由于广安区粮油现代农业园区的建设取得了杰出的效果，附近的乡镇纷纷向杨晓凌请教技术，并邀请他去讲课。杨晓凌总是抽出时间尽量满足大家的需求。

作为广安市级劳模、中国民主建国会农业专家的杨晓凌，在课堂上受到了大家的热烈欢迎。在岳池县九龙镇粟家坝村农民夜校，村民抢着向他请教种菜

技术。

有着 8 年种菜经验的杨晓凌，在广安区和前锋区都有种植基地，在被评为市级劳动模范后，又被推为首届"广安杰出人才"。他不但自己租地搞农业规模种植，还开展社会化服务，推广农业机械化生产，免费为农户传授种植技术。"现在一些村民不知道如何种菜，就拿种辣椒来说，需要掌握的技术也不少。"杨晓凌告诉村民，"辣椒怕涝不怕旱，最好不要冒雨栽，选择晴天栽后，浇上定根水；栽时不要压断了辣椒根，用松软的细沙土压根最好。"

杨晓凌免费为农户传授种植技术

"西红柿挂果时为什么枯叶？""百草枯用了对土壤有影响吗？"……面对村民提出的一个个问题，杨晓凌——回答，并给大家留下了自己的手机号，以后在种菜中有啥问题可以电话咨询，且对种植业主做了现场指导；还承诺将印制一些种菜的常用流程卡送给大家学习，对需要辣椒等菜苗的村民免费赠送，并带上技术员现场教大家栽种，真正使愿意种菜的村民通过种菜发家致富。

网络销售　紧跟时代

随着当地蔬菜种植技术的推广，越来越多的村民加入了种菜卖菜的行列，这样一来，蔬菜的种植市场很容易达到饱和状态。杨晓凌决定采用"错季＋网络"的办法化解市场"饱和"的尴尬。在杨晓凌看来，"要解决产销信息不对称问题，就要积极'触网'，发布蔬菜信息"。杨晓凌借助多个电商平台，发布农产品信息，为蔬菜找"婆家"，从而找到更多客户，"还有少量蔬菜实现网销"。为更好调剂蔬菜丰产期与淡季，扭转"旺季菜贱伤农，淡季菜源紧缺"现象，杨晓凌积极引导菜农调整菜品结构，鼓励栽培早春菜及精品菜，创新技术，实现错峰销售。同时，引导企业建立冷藏仓库，延长蔬菜保鲜期，避开市场饱和期。

杨晓凌在办公室研究蔬菜种植资料

当地政府也大力支持合作社的农业种植。政府搭台，让企业"抱团"发展，扩大品牌效益，大大提升了当地蔬菜品牌的知名度。同时，号召合作社走品牌战略之路，除自身打造的多个品牌外，还积极加入一些优质农产品公用品牌，搭上政府的"顺风车"。当地的蔬菜和粮食等农产品"走出去"的机会多了，省下许多宣传推介费，同时也扩大了销路，增加了收入。

杨晓凌与众人一起探讨如何提升蔬菜品牌知名度

蔬菜种植的区域性和季节性要求很强，因此单做蔬菜鲜销利薄且风险大。为拓宽销售渠道，当地还建起了一些蔬菜加工厂、冷藏库，推行礼盒蔬菜，走蔬菜粗加工路子。在市场低迷时，以加工蔬菜为主，实行错峰销售，改写"蔬菜贱卖"命运；在市场行情好时，以蔬菜鲜销为主，这使得企业扭亏为盈。逐步扩大蔬菜加工厂规模，走精加工之路，提高蔬菜的精品化种植，当地已经做出了一些积极的探索，这些措施对解决蔬菜保鲜、销售具有重要意义。而解决蔬菜销售难题还需要走蔬菜规模化生产路子，通过合作社、龙头企业"强强联合"，实施蔬菜联产联销战略，打破"菜贱伤农"怪圈。

通过几年的发展，在杨晓凌的带领下，合作社注册会员达到 301 户，注册资金 2761 万元，发展为集绿色无公害农产品种植、农业新品种新技术示范推广、产业辐射带动、土地托管服务于一体的专业合作社。

随着合作社事业的发展，2019 年，广安惠民农机农艺专业合作社被认定为"国家农民合作社示范社"，2021 年创建为四川省"全程机械化＋综合农事"服务中心。杨晓凌曾获"四川省十大回乡创业明星"、全国农业劳动模范、全国粮食生产先进个人等荣誉称号。

在杨晓凌的带领下，合作社坚持以标准的示范基地引领产业发展，先后建有 3 个育苗蔬菜种植示范基地，即悦来镇育苗试验示范基地、兴平镇蔬菜产业扶贫示范基地、观塘镇育苗试验示范基地；以及两个粮经复合示范基地，即大安镇"千斤粮万元钱"示范基地、观阁镇优质粮经试验示范基地。示范基地承担着重要的"孵化器"功能，为水稻、蔬菜新品种新技术的试验示范和推广工作发挥了极其重要的作用。他们主动承担四川省农业农村厅推广的杂交水稻川优 6203 等新品种在广安区试验示范，取得了很好的效果；主推的线椒品种、早熟儿菜品种现已成为广安的主打蔬菜。在种植水稻的过程中，合作社先行示范农业部门主推的水稻直播、抛秧、机插等技术，既省时省力，又提高了单产，现已在当地大力推广。合作社还将蔬菜苗发放给全村群众种植，让这些蔬菜 4 月上市，保证市场供应。为保证农业生产有序开展，合作社还储备了几十吨大米，及时供应市场。如今，合作社已经集有机绿色无公害农产品种植、农业新品种新技术示范推广、产业辐射带动、土地托管于一体。各地供销社和农业农村部门积极组织农资运输，进村建立临时农资销售点；交通运输部门把运输农业生产资料包括种业、化肥、农药、兽药、农膜、饲料和农产品的车辆统一纳入运输车辆通行证范围，让农民有农资可买；市场监管部门，继续深入开展春季农资打假专项整治行动，强化源头治理和全程监管，净化农资市场。

政府支持　助农政策

人才是经济社会发展的第一资源。党的十八大以来，广安市委、市政府深入学习贯彻习近平新时代中国特色社会主义思想，特别是习近平总书记关于人才工作重要讲话精神，紧紧围绕创新驱动发展和人才强市战略，不断深化人才发展体制机制，全市人才事业发展取得新的成就，各行各业涌现出了一大批勇于担当、锐意创新、拼搏实干的优秀人才，为推动全市经济社会科学发展、促进全面创新改革驱动转型发展作出了杰出贡献。为弘扬先进、鼓励创新，激励广大人才奋发有为、建功立业，广安市委、市政府决定，授予杨晓凌等 41 名同志首届"广安杰出人才"称号。

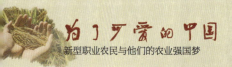

杨晓凌参加四川省第十三届人民代表大会第五次会议

当前，广安面临"一带一路"、长江经济带、新一轮西部大开发、成渝经济区等重大机遇，比任何时期都更加渴求人才。广安市委、市政府号召更多的人锐意进取，努力创造无愧于时代的业绩，为广安科学发展、加快发展作出新的更大贡献；同时号召更多的人成为大胆创新、勇于创业，争做创新驱动的引领者、跨越发展的推动者，在全面创新改革的最前沿、经济转型发展的主战场、脱贫致富奔小康的第一线贡献智慧和才干，实现社会价值和个人价值的有机统一。

杨晓凌讲解蔬菜长势情况

为了贯彻落实习近平总书记"从上级党政机关、企事业单位抽调更多干部支援基层"重要指示精神，解决广安"两手抓"工作中存在的短板、漏洞和弱项，锤炼新作风，实现新作为。广安市启动"走基层、解难题、抓落实"活动。为了助力蔬菜和粮食种植的发展，还要关注农民工的就业情况，点对点运送农民工返岗就业，有条不紊地推进农业现代化种植的有效开展。当地政府也给农业现代化生产提供了大力支持。在广安市，6万名机关干部下沉一线，找问题、施对策，搬掉了发展路上的一个个"拦路虎"，为广安经济社会发展的胜利按下"快捷键"！用"身影"指导，不是用"声音"安排。在市委统一部署下，市人大常委会、市政府、市政协应势而动，各级干部深入基层解决困难，为当地的农业发展发挥了很大的促进作用。

杨晓凌参加政府相关会议并发言

打水到井边、工作到现场、面对面解难，基地建设快速推进，这让杨晓凌非常感动，"干部下到一线看、围着群众转，让我们吃下了'定心丸'，也增添了我们的发展信心"。当时，早在"走基层、解难题、抓落实"活动开展之初，市委便明确提出，干部到基层一线不走过场，以实的作风，为群众解难。很多干部开始带着感情走基层，带着真心解难题，带着干劲抓落实。

杨晓凌与来访团队合影

当时，杨晓凌正因为优质稻种植基地没有大型旋耕机而忧心，派驻干部立马调来 5 台旋耕机助其完成翻耕工作。杨晓凌颇为感动，他觉得政府这样做是把事情办到了心坎上。政府对农业关注的态度，也让他增加了前行的勇气和动力。

除了关注当地的农业经济发展，杨晓凌还致力于推广新型的农业种植理念。广安区花桥镇以元宵佳节为契机，在蒲莲社区文化礼堂举办乡贤讲堂开年第一讲活动，邀请花桥镇乡贤、区总商会副会长杨晓凌作《如何发展乡村产业》主题宣讲。

当时，面对台下各村（社区）居民代表、蒲莲社

村民在蒲莲社区文化礼堂聆听杨晓凌演讲

区党员干部、驻村工作队成员等人，杨晓凌的心情非常激动。他用通俗易懂的语言讲述了自己回乡创办广安惠民农机农艺专业合作社的亲身经历，分析了乡村产业发展基本情况，分享了日本游学所见所闻，并就蒲莲发展方向提出了建议，鼓励居民积极运用国家创业相关政策大力发展农业产业。

杨晓凌向参观学习者介绍合作社的运行模式和生产理念

很多人也慕名而来，赶到广安区大安镇广安惠民农机农艺专业合作社参加调研活动。他们在杨晓凌的陪同下，实地参观了合作社的产业基地，了解了该合作社现代化农业机械设备的使用情况。在合作社会议室，杨晓凌会向大家详细介绍合作社的运行模式和生产理念，分享了从事现代化农业生产和产业扶贫的体会和感受。

如今，广安惠民农机农艺专业合作社从 2009 年成立到 2023 年已经走过了14 个年头，现有会员 301 户，是集有机绿色无公害农产品种植、农业新品种新技术示范推广、产业辐射带动、土地托管于一体的专业合作社。该社以"服务社员、带动群众、回报社会"为宗旨，辐射广安 2 区 1 市 42 个乡镇，带动 5 万余户农户，托管土地 11 万亩，建立试验示范基地 5 个，先后被评为全国农机示范社及省级、市级示范社。杨晓凌也因为杰出的贡献被选为"全国农业劳动模范"。

合作社在开展土地托管服务的同时，积极参与政府购买社会化服务项目，为民扶贫尽全力。合作社免费提供技术指导，累计为5000余户贫困户无偿提供育苗、嫁接、施肥等专业技术指导；免费提供农用物资，免费提供销售渠道，通过合作社市场渠道帮助2000余户贫困户与经销商进行订单收购，借助"邮乐网"等电商平台，对贫困户农产品实行统一品牌包装、统一线上销售。同时，合作社优先吸纳贫困群众入股，积极探索帮扶济困新模式，面向兴平镇169户贫困户开展了财政支农资金形成资产股权量化试点，颁发股权证书，以每年不低于年存款利率的标准按股保底分红。

2017年，杨晓凌获全国农业劳动模范荣誉称号

"全国农业劳动模范"是为表彰先进，弘扬正气，进一步激发亿万农民群众和全国农业系统广大干部职工的积极性、创造性，凝心聚力推进农业供给侧结构性改革和农业现代化建设，由人力资源和社会保障部、农业农村部共同评选表彰的一个奖项。此次表彰是继1957年、1990年之后第三次面向全国农业劳动模范和先进工作者开展的集中表彰。

农业农村部从2014年起，实施"全国十佳农民"资助项目，每年在全国遴选10名优秀农民，由中华农业科教基金会进行资助，通过树立先进典范，进一步激发广大农民创业热情，推动乡村人才振兴。2022年9月23日，2022年度"全国十佳农民"在中国农民丰收节四川成都主会场揭晓，四川省广安市前锋区广安惠民农机农艺专业合作社理事长杨晓凌成功入选。

谈及未来，杨晓凌信心满满。他说："我们现在主要是跟珠三角的经销商在联系，争取把广安的蔬菜产业做精、做强、做优，同时在悦来灯塔基地这个地方，我们还准备建一个水稻育苗基地，主要是育秧苗，为我们整个粮油园区进行服务。"

杨晓凌带领团队开展读书学习沙龙活动

如今，像杨晓凌一样入选"全国十佳农民"的人已经有几十位，他们在保障粮食和重要农产品供给、促进乡村产业发展、带动农民就业增收等方面，发挥着示范引领作用。他们坚持践行新发展理念，以乡村振兴战略为总抓手，以农业供给侧结构性改革为主线，加快推进农业现代化，调结构、转方式，促改革、激活力，农业"强"的态势不断展现，农民"富"的愿望不断实现。在他们的带动下，粮食生产连年丰收、农特产品品牌越来越响、乡村建设"提档升级"、美丽乡村更加宜居。在我们辽阔的祖国大地上，正徐徐展开一幅幅壮美的画卷。

第七章

赵玉国
挚爱黑土地 科学种玉米

辽宁省铁岭市铁岭县蔡牛镇靠山屯村外的玉米地旁,有个中年人正在给一位年轻农民讲述玉米的种植技术。他三言两语就讲出了问题的关键,深入浅出的解释,让小伙子频频点头。两个人聊着聊着,中年人讲起了台湾省生态农业的种植方式。小伙子闻言露出惊讶的眼神,他万万没有想到,眼前这个人竟然对我国宝岛台湾的农业种植了如指掌,还曾多次去考察学习过。一股敬佩之情油然而生,小伙子忍不住站直了身体,神情变得更为专注认真。

给小伙子讲述农业知识的中年人,便是赵玉国。他饱含着对这片黑土地的热爱之情,为自己的家乡作出了卓越的贡献。

赵玉国,男,出生于 1955 年 8 月 17 日。他从沈阳工业大学工商管理专业毕业后,立足脚下的这片土地,从事农业种植工作。从业 50 多年来,他一直从事农业现代化研究、农作物耕作及"精细农业"智能信息技术等。赵玉国曾多次主持全国春耕播种现场会及秋收全程机械化现场会。赵玉国还曾担任农业农村部认定的首届乡土讲师,与中国农业科学院、辽宁省农业科学院多次合作参与农业各类科研课题 10 余项。2007 年,赵玉国创办铁岭市第一家农民专业合作社并出任合作社理事长一职。2012 年,他获得"全国科普惠农兴村带头人""铁岭市特等

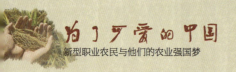
劳动模范"。此外，赵玉国还曾获得 2011 年、2012 年、2013 年 "全省种粮大户"。2017 年，他获省劳动模范称号、"全国十佳农民" 称号，2018 年获省 "优秀共产党员"，2020 年获全国劳动模范等诸多荣誉。

赵玉国

少年心事　乡土情怀

　　赵玉国自小生长在铁岭县蔡牛镇靠山屯村。作为土生土长的农村孩子，他自记事起，就跟着父母在田里干农活。父母在地里忙碌，幼年的他在庄稼地旁玩耍。

　　儿时的记忆是美好的，春天能看到一望无垠的绿油油的麦田，像铺了一匹绿色的锦缎；夏天有金黄色的麦浪，随风起起伏伏，那场面像大海一样极为壮观；接着便是换季种植的玉米，会在一个暑假的时间，长成一人高的青纱帐……这位懵懂少年，在这无垠的土地上，寻找着各种乐趣。

　　及至赵玉国上了小学，他才意识到农民的辛苦。当时，父亲是村支书，母亲则是一位朴实的农妇，辛勤操持着家里的一切。由于父亲工作忙，经常开会，安排村里各种事情，母亲一个人在田里忙不过来，赵玉国便开始学着帮忙。每天一放学，他便扔下书包来到地里，帮妈妈锄草，或者浇水等，尤其是到了丰收的季节，他会熬夜到很晚帮家人一起忙收割。每天繁重的劳作，总让他在结束农活之后筋疲力尽。晚上入睡前，当他腰酸腿疼的时候，总是在想，有什么办法在农忙时别这么累就好了。从那时起，他便渐渐体会到农民种田的不易。儿时质朴的愿望，一直存在他的内心深处，像一粒种子，由蛰伏到慢慢地萌芽、生长。他当时就渴望长大之后，能帮助这片土地做出改变。

　　父亲对赵玉国的教育，至今让他记忆犹新。父亲与母亲不同，他担任村干部，心思重点放在了农作物的产量与技术上。父亲虽然很忙，每天很晚才回家，但是总爱回家后与母亲聊几句，用他们的家乡话叫"唠嗑"。他经常听父亲提到"产量""防治病虫害"等，这些话让赵玉国意识到，原来种田还有这么多的学问。他经常倾听父亲谈话，比如，农药剂量的大小、农作物种植的间距、收割的时节、病虫害的防治、土壤的墒情……虽然很多话，他听起来似懂非懂，但这也让他意识到种田并非简单的"干粗活儿"，也需要技术与知识。

　　赵玉国下定决心好好读书，他觉得只有自己学习成绩好了，才能掌握更多的知识，从而在父亲需要提供技术帮助的时候，自己能出一份力。儿时，赵玉国在蔡牛镇读小学和初中，此后，又在大青中学入读。当赵玉国捧起书本的时候，他在各科知识中，最感兴趣的是植物学，因为里边有很多的农作物种植知识。在赵玉国看来，学习这些知识对他的帮助是非常大的，而且具有重要的意义。很长一段时间，他都沉湎其中，把书本上学习到的知识与父亲讨论，并把学到的知识付诸实践。高中毕业之后，他在乡种子站工作。由于工作表现出色，再加上种子站文化水平最高的就是他，很多事务便渐渐地交由他来打理。很快，在大家的举荐下，他担任了乡种子站的站长。

　　但是父母还是希望赵玉国能够有更广阔的前途。于是在父母的建议下，赵玉国决定充实自己，提高学历。他作出了人生中的一项重要决定。

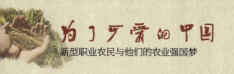

学习深造　陶冶情操

　　赵玉国的这个重大决定，就是考入大学深造。经过一番努力，他得偿所愿，考取了沈阳工业大学，进入工商管理专业学习。在进入大学之前，他只是一名淳朴的农民孩子。而进入大学之后，眼界的提高，不断增长的学习阅历，都让他变得越来越成熟。在大学就读期间，他与老师和同学相处得非常融洽。在课堂上，他认真地听教授讲课；课后，认真地完成各项作业，最终顺利地拿到了大学毕业证书。

　　当时的社会，大学生数量比较少，称得上是天之骄子。赵玉国也曾想过，是否留在大都市发展。但每当到了暑假，他回到老家，站在田野上呼吸着新鲜的空气，嗅着那青草味的气息，看着乡亲们在田间地头忙碌的时候，心里却产生一种难以割舍的情怀。赵玉国的父亲是村干部，经常被请去处理各种村内的事务。起初赵玉国出于好奇，也跟着父亲一起去，偶尔还能帮父亲一些忙。时间久了，随着他能力的增强，人们常常这样夸他："老赵家的儿子，跟他爸的性格一样，也是好胜要强，能吃苦。"听了乡亲们的赞誉，他心里美滋滋的。他成长在农村，这里的环境虽然比不上城里，却磨砺了他的意志，劳动锻炼了他的筋骨，也陶冶了他的情操，锻炼出了他的优秀品质。再加上他对自己的家乡有着深沉的情感，于是决定大学毕业之后，回到家乡工作。

　　古人云"农为天下之本，农昌则国盛"，我国是一个拥有14亿人口的农业大国，农业发展无疑对我国的粮食安全和经济基础具有战略性意义。而从"面朝黄土

秋收作业

背朝天"式的传统农业模式，到以智能化和机械化为特征的现代农业转型，并不是自然而然、一蹴而就的过程。它离不开几代人的不懈努力，更离不开年轻人的奋力接棒，把知识、技术与青春挥洒在一片乡土之上。而赵玉国，决定为家乡奉献自己的青春。

几年后，大学毕业的赵玉国回到了镇上，找了一份吃"商品粮"的工作。在别人眼中，赵玉国非常有出息，变成了城里人。但是他们不知道，赵玉国早就有了自己的打算。

2007年，农业合作社相关法规开始出台。赵玉国觉得这是一个难得的机会。如果加入合作社，他就可以发挥自己之前的特长，带领乡亲们一起种田致富。这是他自小就有的理想，他决定辞去镇上的工作，回到村里和乡亲们一起干。

但是家里人一听他要放弃优越的工作，回来种田，一下就急了，都苦口婆心地劝他，不要自讨苦吃。家人深知农业种植的辛苦，更不愿意看到赵玉国吃这种苦。父亲则比较冷静，问赵玉国资金怎么解决。在当时，农业合作社的启动，是需要自己筹集资金的。这可不是一笔小数目。当时刚工作不久的赵玉国，手中根本没有丰厚的积蓄，再加上互助资金少，成立合作社需要购买现代化的大型农业器械，还需要各种农药、化肥、种子等农业物资，这些都需要钱。面对这些棘手的问题，他一个没有什么资历的年轻人，怎么能担此重任呢？

父亲的担忧不是没有道理，赵玉国沉默了。

互助合作　大力筹划

作出辞职决定的时候，赵玉国已经有了深思熟虑。他下了很大的决心，最终决定回到村里，从事合作社的工作，带领大家共同发展，共同进步，共同致富。

缺少发展资金，赵玉国就四处联系，大力筹划。早在读大学之前，赵玉国就曾担任过种子站的站长，这段人生阅历帮了他很大的忙。在那段工作期间，他结识了很多人，也处下了深厚的感情。他决定向这些人求助。

于是，赵玉国骑上自行车，开始四处奔波。有的是老赵家的亲戚，家境比较富裕，手上小有积蓄，他便说服人家投资；还有一些是村里的种粮大户，手上有农业物资；也有人有大型的农业机械设备，他便说服人家加入进来；又有一些人做生意攒了一笔数目可观的钱，他便登门拜访，说服人家来投资；一些对农业感兴趣的能人志士，也被他拉进组里，一起筹划合作社的事情。

当时，父亲原本想让他知难而退，没想到赵玉国狠下心来，一门心思要把这件事办成。看着儿子每天四处奔波，忙得连在一起吃饭的机会都没有，父亲这才明白，儿子是要动真格的了。他认真地跟赵玉国谈起此事。赵玉国表示，自己就是要一门心思跟着党和政府走，他相信党和政府的政策是对的。

有人支持，自然也有人反对。一些朋友，还有亲戚，在赵玉国来拉投资的时候，苦口婆心地劝他。他们不理解他的想法，甚至还说一些风凉话。他们觉得赵玉国一个堂堂大学生，非要跟土坷垃打交道，有点不可思议。甚至有一个原本关系很好的亲戚认为，如果赵玉国盖楼房、买车，甚至做点小生意，自己都会把钱借出去，但是把钱借给赵玉国搞农业，他是真的不愿意，他觉得这是一件没有前途的事情。出于好心，这位亲戚还劝赵玉国，不要干这种"拿钱打水漂儿"的事情。种田怎么可能会有出息呢？都是一滴汗水摔八瓣挣的辛苦钱，付出很大的精力和时间，有那个心思，还不如去干点别的赚钱。

这些话很难不对赵玉国产生影响。但是他有自己的主意。在赵玉国看来，虽然有人反对，但那是正常现象，主要是因为他们不理解社会形势，也不了解自己的能力；再者创业哪有不艰苦的，总会遇到这样那样的困难。有困难不要紧，自己努力克服就行了。就这样，这些反对的声音，反而激起了他的好胜心，他下定决心，一定要做出一番事业来让大家瞧瞧。

奔现代化　促机械化

经过一番艰难的筹划，赵玉国终于东拼西凑地筹集了几万元。他带着这笔钱来到农机市场，购买了一辆最新型号的拖拉机和收割机。如今，这辆车已经成为展品，进入了赵玉国建设的农机展馆，接受着来来往往的游客参观。每当有人问起，工作人员就会讲起那段艰苦的创业史。

拖拉机和收割机

当年，赵玉国开着崭新的拖拉机回村的时候，真可以称得上是意气风发，雄心勃勃。他深知蔡牛镇这片土地的神奇之处，也立志在这片土地上有所作为。

蔡牛镇地处铁岭县西部，东与凡河镇隔辽河相望，南与阿吉镇相连，西与沈阳市法库县毗邻，北与调兵山市接壤。蔡牛镇地处辽河平原，地势平坦，非常适合大规模的机械化作业，开展农业种植。

此外，这里还拥有得天独厚的温带大陆性季风气候。在赵玉国看来，这里四季分明，春季雨量适中，很适合农作物的生长。尤其是当地夏季炎热多雨，秋季凉爽干燥，冬季寒冷漫长。这种气候对玉米、小麦等农作物的生长极为有利，而且年平均日照时间也很长，年平均降水量也很大。蔡牛镇的境内还有河流经过，更加有利于农业的灌溉。除了辽河流域，还有二级河道——长沟河与亮沟河。在赵玉国看来，良好的水域系统，旱时可以提供水源，雨季可以排涝，而且当地很少发生旱涝之类的灾害。就连村里的老人们也说，咱们这村子可是一块宝地啊，旱涝灾害百年难遇。

良好的种植条件，悠久的种植历史，让赵玉国感到，如果自己发展农业种植，是占尽天时地利的好事。但是种植所遇到的不利因素也是客观存在的，那就

是当地现代化的农业大型器械起步比较晚。如果要搞农业现代化，需要走全程机械化进程，那需要大量的精力与时间来完成农业设备的升级换代。

赵玉国买来了大型机械设备之后，马上投入合作社的诸多事务中。为了使合作社真正成为"农民之家"，他毫不犹豫地把这些年来积累的家底拿出来兴建了办公室、农业技术培训室、库房、营业大厅，还购置大型农业机械及配套机具，于2007年9月成立注册了铁岭县牛张庄玉米新品种推广专业合作社。从研究农作物的种植技术，到购买化肥、种子、农药及各种农用物资成本投入，再加上获取500亩流转土地的资金成本，他感到压力巨大。最让赵玉国感到头疼的是人员的培训问题。第一年参加创办合作社依托的种粮农民，虽然憨厚朴实，干起农活儿来不惜力气，但是他们缺少科学技术。赵玉国从开始创办合作社就认识到，如果不依靠先进的科学技术，不把合作社的社员，特别是青年农民培训好，农村只能是维持现状，合作社就不能有更大的发展。因此，他必须从长计议，做好农民的培训工作。

就这样，赵玉国带着一群农民，开始了天天泡在田地里的劳作。他就像是一位优秀的教师，兢兢业业地站在田野这片广阔的"课堂"上，为广大的农民传授知识，推广农业种植技术。

"苦心人，天不负"，经过一番艰苦的奋斗，赵玉国第一年种植的500亩地喜

赵玉国种植的玉米喜获丰收

128

获丰收。家人为他的成就感到高兴。母亲一脸欣慰地说，终于不用为你感到担心了；当时把家里攒了多年的钱都准备好了，就怕到时候赔钱你拿不出来，我们得给你垫上。现在好了，终于可以睡个踏实觉了。可是没想到，母亲心安了没有几天，儿子赵玉国又作了一个让大家都替他捏把汗的决定。

2009年春天，赵玉国决心扩大种植规模流转土地6500亩。当他把这个决定告诉大家的时候，家里所有人都强烈反对。这一次，就连一直相信和支持他的社员，都打了退堂鼓。但是对于赵玉国来讲，高挂免战牌那不是他的性格。

一场激烈的鏖战开始了。春寒料峭之际，他便开始了自己的行动。首先是要解决资金问题。他骑上车子东奔西跑，一趟又一趟地往返于家和各个单位或亲友家中，他四处筹集资金，但仍旧是杯水车薪。赵玉国的艰辛很快被村民看在眼里，大家也不忍心看他这样下去了，纷纷表示愿意向赵玉国提供支持。赵玉国也想出了一个更为明智的办法，那就是可以让社员带着土地入合作社、带着机车入合作社；另外，还实行土地托管。这样一来，大大缓解了合作社的资金压力。在经过一番精密的筹划之后，赵玉国终于解决了资金的问题。当他站在一片广阔的土地上，盯着那片肥沃的土地思考的时候，他终于拥有了愉悦的心情。他甚至自豪地想，这原来比登天还难的事情，终于硬生生地被我解决了。他忍不住露出了微笑。

2009年秋，赵玉国的这种方式取得了卓越的成效，粮食取得了丰收，参与合作社的农民也获得了很好的收成。接下来，赵玉国再接再厉，在土地流转、土地入股、土地托管上高歌猛进。

从2009年至2012年，在赵玉国的带领下，合作社连续3年的年土地流转面积稳定在6500亩。从2012年至2015年土地流转面积稳定在1.6万亩；从2015年至今流转面积最高突破3.1万亩。近些年合作社开展实施保护性耕作作业，年作业量一直稳定在6000亩以上。

经过多年的发展，从2018年到2022年，赵玉国的合作社实施绿色高产高效基地项目2000亩。2022年开展实施大豆玉米间作项目2000亩。2022年合作社稳定流转土地3万亩。其中，年农机作业面积突破5万亩，成绩喜人。

赵玉国与合作社成员种植的果蔬

刻苦学习　熟知政策

我国是农业大国，人口以农村人口居多。党和国家对于农业高度重视，出台了很多的惠农政策。如何借助这些好政策，让自己乘上政策的春风，扶摇直上九万里，也是赵玉国取得成功的关键。

地表基质是地球表层孕育和支撑森林、草原、水、湿地等各类自然资源的基础物质。受地质作用、自然作用和人类活动影响，不同深度层次的地表基质具备不同的生产、生态服务功能。我国东北地区因土壤中有机质含量高，黑土地呈现黑色，是肥力高、适宜农耕的优质土地。全球三大黑土带之一就位于我国东北平原。保护好黑土地，事关国家粮食安全、生态安全。我国的黑土区主要分布在黑龙江省、吉林省、辽宁省大部分地区和内蒙古自治区东部地区，是国家重要粮食生产基地。《中华人民共和国黑土地保护法》明确保护的是黑土地所在四省区内的黑土耕地，国务院和四省区人民政府加强对黑土地保护工作的领导、组织、协调、监督管理，统筹制定黑土地保护政策，明确规定县级以上人民政府有关部门制订黑土地保护规划，并与国土空间规划相衔接。但是，偏偏有一些人利益熏心，违法将黑土地用于非农建设，盗挖、滥挖黑土，以及造成黑土地污染、水土流失。

2022年8月1日，《中华人民共和国黑土地保护法》正式施行，这是我国首次对黑土地保护进行立法。《中华人民共和国黑土地保护法》进一步明确黑土地应当用于粮食和油料作物、糖料作物、蔬菜等农产品生产；要求黑土层深厚、土壤性状良好的黑土地应当按照规定标准划入永久基本农田，重点用于粮食生产。这样一来，这些破坏黑土地的人，将会依照土地管理、污染防治、水土保持等有关法律法规的规定接受从重处罚。

但是在赵玉国的合作社，早在2015年就开展实施黑土地保护利用项目，展开了对黑土地的保护工作，在他们的黑土地上，种植的正是粮食作物。到2022年，合作社在黑土地上种植农作物的年作业量在2.26万亩。为了促进农田的良性生态发展，早在2018年，赵玉国就带领农民开展实施秸秆综合利用，年作业量在1.26万亩。同年，他还开展托管作业，年作业量在8600亩。

赵玉国的合作社之所以小有名气，与他对政策的了解密不可分。

2021年，赵玉国还参与了农业农村部土地立法谏言改革活动，为党和国家政策法规的制定出一份力。

在当地，村里人都知道，如果国家有什么新政策，或者政治上有什么新动向，找赵玉国聊一聊，肯定会得到满意的答案。一个只关注农业和生产的人，为什么对政策如此熟悉呢？这与赵玉国每天坚持勤奋地学习是分不开的。赵玉国订阅了很多相关的农业资料，也经常上网浏览国家的政策和新闻。一旦国家政策有什么风向或变动，他会立刻紧紧跟上。当时，有一个邻县的种粮大户，前来找他请教一些种植上的问题。赵玉国把新近的一些国家惠农政策一讲，对方吃惊地感叹，自己竟然不知道，共同生活在同一片土地上，自己却消息如此闭塞。他感到

有些惭愧。赵玉国语重心长地对他说："这么多年，我们合作社就是在跟着党和国家制定的重大政策努力前行，这就是我们奋斗的目标。我做合作社这么多年，之所以能坚持下来，除了自身知识必须过硬外，还要紧跟国家政策。只有这样，合作社才能始终处在行业领军者位置，加上后期的开拓创新，只要不犯浑，指定能成为地区的样板。"对方听了这一番肺腑之言，沉思良久，当天回去就订阅了相关的报纸资料。

赵玉国在阅读学习

赵玉国的学习习惯，还影响了很多人。合作社的很多成员，也学着他的样子，在农闲休息的时候，看看书，读读报，翻阅一些农业的新技术、新资料。也有一些人，觉得每天忙碌，根本没有时间学习。此时，人们就拿赵玉国举例，"你能有老赵忙吗？看看人家一天天的不是在地里就是在社里，就从来没有闲下来过。"赵玉国也确实把每一天都过得很充实。合作社雇工30多人，每天合作社都有干不完的活。他就像长在地里一样，指挥着大家科技种田，晚上回到家里，坚持读书看报，早上天不亮就又往地里跑。

除了从书本上学习，还通过网络学习，赵玉国还经常到全国各地四处跑，向同行取经，向专家和种粮大户求教。在他看来，生命不息，学习不止。通过学习，他了解到当今世界正在广泛地开展生态农业种植。他觉得这是一个自己努力的方向。通过多方咨询了解，他得知我国台湾省的一些农场开展的生态农业种植非常好，于是决定前往学习。这一想法在当时让合作社的人很吃惊。他们一辈子在这片黑土地上劳作，如今还要远赴台湾省学习，这让他们感到不解。赵玉国耐心地做了大家的思想工作，并把获取的专家资料一点一点讲解给大家听，讲述了我国台湾生态农业的先进之处。结果大家对宝岛的生态农业种植方式产生了很大的向往，也改变了原来的思想和态度。大家转而支持赵玉国所作的决定。2017 年12 月底，赵玉国带领他的团队专程去台湾省考察生态农业。在那里，他们见识到了现代化高科技的生态农业，同时也学习到了很多的现代化农业观念。回来之后，他们将所见所闻和所学，应用于这片黑土地。

岁月不居。转眼之间，赵玉国已经 60 多岁了，但是他的身体依然很强壮。他每年都去做体检，结果总是不错。忙碌的生活好像成为他精神旺盛的保障。只要站在田地里，他浑身就有使不完的劲。曾经有村民不解地问他，为什么精力如此充沛，完全不像是 60 多岁的老人。赵玉国颇为感慨地说，自己每天琢磨的就是如何带着村民致富，有了这个目标，自然就有无穷的动力。

赵玉国在扶助贫困农户

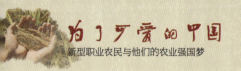
为了开展实施基层农技推广补助项目，赵玉国从 2012 年开始，便多次对农民开展培训。截至 2022 年，已经 10 年了，涉及指导员及示范户多达 1770 人次。从 2014 年到 2020 年，赵玉国开展实施新型职业农民培训，年培训达 15 次，涉及农户达 1700 人次。从 2021 年到 2022 年，开展实施高素质农民培训，年培训达 15 次，涉及农户 145 人次。为实现"服务农民、优惠社员"的办社宗旨，搞技术物资配套服务，他还从各大公司引进了高产玉米杂交品种、优质化肥及农药，为农民科学种田提供一条龙服务。赵玉国成为远近闻名的"土专家"、农民种地的贴心人。

赵玉国资助的贫困学生代表

当国家重点研发计划条耕耕作模式，大力进行应用推广及全程规模机械化应用推广的时候，赵玉国闻风而动。2022 年，他主导的合作社成为铁岭市第一家智慧农业实施单位。

赵玉国先是引进试验基地，为推广农业技术、农民致富创造条件。近几年先后成立了辽宁省重大农技推广试验示范基地、辽宁省农科院"科技共创示范基地"、国家重点研发计划科技助力蔡牛试验基地、沈阳农业大学实习基地等近10 个科技单位将试验基地落户合作社。

在赵玉国看来，改革开放以来，我国农业得到了迅猛发展，然而在短暂的高速增长之后，其发展便开始进入滞缓状态。虽然政府实行各种惠农政策，农民的生活水平也有了很大的提高，但目前仍有很多因素制约着农业发展，主要原因有以下几个方面：一是土地资源稀少，人地矛盾突出；二是基础设施落后，对农业的投入不足；三是科技水平也难以满足现代农业发展的需求，农业农艺融合不相符；四是农民的文化素质培训相对落后。为此，赵玉国在合作社的创办过程中，实施了高级农业专家的齐聚、产学研一体化的培训模式，使合作社的农民非常受益。在办社过程中，重点把青年农民吸引进来，通过言传身教，让他们在合作社接受锻炼。现在合作社社员有 106 名，35 岁以下青年农民 8 名。

致富不忘众乡邻。从 2014 年到 2017 年，赵玉国带领合作社的成员实施高标准农田建设，为蔡牛镇修路 8000 米，植树 400 株，打井 40 眼，修桥涵达 30 处。同时，他还帮扶蔡牛镇贫困户多达 150 人，帮扶蔡牛镇残疾人多达 500 人。

靠山屯村农民赵剑，35 岁。他头脑灵活，肯吃苦，在合作社驾驶拖拉机从事农机作业。通过参加土壤、植保、种植技术、保护性耕作等现场培训后，在赵玉国的鼓励下，不仅自己种植玉米 200 亩，还办起小酒坊，年收入 20 多万元，成为蔡牛镇青年返乡创业的典型。

青年农民李岩，原本在外地开货车，但是在一次长途运输过程中，他意外肇事赔偿了 17 万元，一度失去生活信心。经镇关工委常务副主任李伟芹介绍，李岩来到赵玉国的合作社工作。在赵玉国的关心照顾下，李岩努力学习技术，2021 年自己承包本村 300 亩耕地种植玉米，亩产达 1830 斤，创下合作社高产纪录，收入 54.9 万元。如今合作社就像一所大学，让广大青年农民学到了技术，增加了本领，过上了富裕的生活。

赵玉国是个热心肠的人。为了带动更多的农民开展科学种田，走共同致富之路，他热心帮助了很多农户。多年来，赵玉国每天都接待很多专程来讨教的农户，咨询电话更是不断。调兵山市晓明镇农民张春侠已经在合作社"深造"多年，作为合作社的成员，他在 2022 年成立了自己的合作社。他对别人说："我从赵大哥这儿学到不少管理知识与科学种地技术，可以说学到了'真经'。我的合作社规模小、人员少、土地少，老赵也帮我们做了不少工作。比如，我们可以不用购买机械，从种到收的机械都可以由他们来提供，也为我们的新合作社节省了

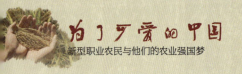
种地成本。"

　　赵玉国的合作社成立至今，新建高标准农田多达 7500 亩，科研院所试验示范基地 2600 亩。对接国家科技项目 20 多个，新品种 98 个，新技术 26 个，新模式 12 个。开展基层农技推广培训 32 次，农村实用人才培训 82 次，新型职业农民培训 86 次，惠农兴村计划 265 次，发放技术资料 10.6 万册，带动地方农技人员 1677 名，职业农民多达 966 人，农业科技示范带头人 303 人。先后向社会输出博士后 1 名，博士生、硕士生 26 名，农村创业人才 35 人，提供就业岗位 12 个，累计就业人数多达 332 人。

　　未来，赵玉国表示，合作社将继续高举振兴现代农业这面大旗，为全市乡村振兴战略更好实施，为全市农业合作社的更好发展，作出自己应有的贡献。

第八章

康维起
从果园到舌尖，他是最美电商奋斗者

在甘肃省陇南市礼县境内的一处苹果园内，果树上结出了累累硕果。一位果农一边采摘，一边跟康维起聊天。这个果农大哥有几分担心地说："这几天我算了算，摘了有几千箱苹果了。一下子摘这么多，如果一时半会儿卖不出去，那损失可就大了。毕竟这水果都不好储存。"康维起微笑着举起手中的手机，点开自己的淘宝店铺给他看，店铺以往苹果的销量记录高达数千条。果农又担心运输和快递的问题，康维起一再耐心地解释，说现在早就形成了完整的物流链，快递运输一条龙。果农脸上的神色渐渐地放松了下来。康维起信心十足地安慰他："放心吧，老哥，好多客户都下单了。咱们礼县苹果早就被打造成了品牌，一直供不应求。"

礼县，是秦文化的发祥地，也是诸葛亮六出祁山的战略要地，素有"秦皇祖邑，三国古战场"之称。其境内山峦叠嶂、气候温和，独特的地理优势和自然环境孕育了优良的苹果品种。

康维起

　　1990年7月23日，康维起出生于礼县的盐官镇，当地是苹果之乡，而康维起也自小与苹果结缘。出身农村的他2007—2012年在部队服役，2012年从部队退伍的他进入快递行业后，发现电子商务是未来发展的趋势。2013年3月，康维起参加了礼县组织的电子商务培训后，开始了他在礼县苹果电商创业之路。康维起现在担任甘肃良源电子商务有限责任公司总经理，陇南市电子商务协会常务副会长，甘肃省青年联合会第十一届委员会委员，中国人民政治协商会议陇南市第五届委员会委员；迄今从事农业电子商务行业已有9年。

　　在部队服役期间，康维起在部队连年任班长，荣获3次优秀士兵荣誉。退伍后，他投身电商行业，因成绩突出被评为2014年"感动陇南十大新闻人物"，荣获礼县"创业好青年"称号，获得陇南市第三届"陇南五四青年奖章"；2015年被评为"陇南十大新闻人物"；2016年获得"全国十佳农民"称号；2018年入选农业农村部"全国农民专业合作社扶贫典型十大案例"；2019年被中国果品流通协会授予"改革开放40周年果品行业杰出人物"荣誉称号，同年7月获中共陇南市委、陇南市人民政府颁发的"陇南市杰出人才"荣誉称号，并荣获第十一届"全国农村青年致富带头人"称号；2020年荣获共青团甘肃省委颁发的脱贫攻坚"青年榜样"称号。

果乡植梦　绿色情怀

礼县出产的苹果，果形优美，含糖量高，历来颇受市场欢迎，但交通不便一直制约着礼县苹果产业的发展。

康维起戏称自己出生在"苹果世家"。在他很小的时候，就跟着父母接触苹果树的种植。他咿呀学语时，一仰头，便可以看到那满树的苹果花。他闻着苹果花的清香慢慢长大。他在小学地理课上，懂得了家乡是多么适合苹果的生长。就在他生活的礼县盐官镇，平均海拔 1480 米，地处西汉水上游浅山河谷地带，是学术界一致认可的"中国苹果最佳适生区域"之一。康维起一度为自己家乡的这一特产而感到自豪。他一直坚信自己家乡的苹果，味道是最好的。他跟着父母去看远方的亲戚，那一箱箱苹果，便是最好的礼物。

康维起的父亲是当地有名的苹果种植能手，但是这位能干的汉子，却并没有凭借这门手艺给家里带来富足的生活。从康维起懂事起，父亲每年都要为卖苹果发愁。

家里的苹果不好卖，最主要的原因是交通问题。盐官镇交通不便，苹果运出去很困难。当时乡村公路还没有普及，一些拉苹果的货车跑一趟运输，是相当困难的一件事情。每当到了苹果成熟的季节，大量的商人便来贩卖苹果。当时，为了尽快交货，父母经常会让康维起前去帮忙。此时的他，一到星期天，便早早起床，跟着父母来到地里，帮忙看苹果摊子，算账，过秤。有时候也会帮着父母一起采摘苹果，上树爬梯，搬筐抬箱，很是辛苦。家里的经济收入，大部分都在苹果的收入上。由于苹果的销量不好，因此忙碌一年，收入并不乐观。从那个时候起，康维起了解了果农的难处，他暗下决心，将来一定要帮乡亲们解决这一难题。这是他的理想，也是他对家乡独有的一种情怀。

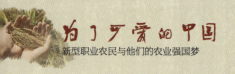
军营锻炼　深圳漂泊

2006 年，康维起考入礼县二中。这是一所在当地小有名气的中学，在这里，他勤奋学习，同时思想也渐渐变得更加成熟。

他小时候向往军队，尊崇那一抹橄榄绿。于是 2009 年高中毕业后，他决定去当兵。

都说"当兵后悔两年，不当兵后悔一辈子"。康维起努力让自己的选择变得无怨无悔。2009 年 12 月，康维起通过甄选，成功在福建入伍。在夜以继日的军营生活中，康维起在意志和身体上磨炼自己，在军营经受严格的训练。在训练期间，由于表现优异，乐于助人，并且具有很强的团结意识，因此在入伍期间担任了班长职务，并在 2009 年到 2012 年荣获 3 次优秀士兵荣誉称号。在部队的经历也为他以后的创业打下了坚实的基础，部队更能锻炼人钢铁般的意志，增强人吃苦耐劳的精神，让年轻人更有血性。

入伍之初，康维起和战友们穿着崭新的军装，却缺乏当兵的气质和风采。到部队的第一天，大家的被子都是软塌塌的，做事邋里邋遢毫无章法。但是一天天过去，在军营生活的熏陶之下，康维起和战友们一直在进步，被子叠成了豆腐块，牙具与毛巾都摆成一条直线，就连牙刷头的朝向也整齐划一。

2019 年，康维起在台湾省阿里山学习考察

几年的军旅生涯，也让康维起明白，不管你是什么人，不管你来自哪里，只要肯坚持，肯努力，一定可以成为优秀者。军队的生活对康维起的性格塑造产生了很大的影响。一个农村孩子，渐

渐开始变得高度自律，严格要求自己；同时，也锻炼了他钢铁一般的意志，这为他今后的人生发展打下了坚实的基础。服役期满后，他重新捧起书本，从事法学专业的学习，并顺利地拿到了大专毕业证。

随着时代和科技的进步，社会正发生着翻天覆地的变化。康维起向往外面精彩的世界，希望有机会去外边打工磨炼自己。他来到了当时被称为"世界之窗"的深圳，这是一个朝气蓬勃的城市，拥有着快节奏的生活。深圳人务实的精神风貌深深地影响了他。

康维起刚来深圳时，其实还是比较迷茫的，不知道自己可以干什么，投简历聊起部队经历时，大部分老板建议他当保安，但是他却希望能进入一个有技术门槛的行业。最后，通过老乡介绍，他当起了快递员。每天分货拣货派送，很忙碌。

他开始奔走于这座城市的大街小巷，见识了现代化城市的时尚与光鲜，也品尝了漂泊在他乡的辛酸。做快递员的工作让他渐渐了解和熟悉了当地的物流规律、运作模式、各种基础的操作。从那时起，康维起惊叹于深圳强大的物流能力，它可以让人足不出户就买到全

2014年，康维起在陇南礼县苹果园

国各地任何想要的东西。与此同时，他也意识到，这些便利的物流网正是甘肃老家礼县所缺少的。如果有一天，自己的家乡也有这么方便的物流就好了，那样，自己家乡的苹果就可以销往全国各地了。

不久，家人给他寄来了两箱苹果。康维起将苹果分享给朋友们。家乡苹果优

质的口感征服了大家的味蕾，朋友们纷纷托他买一些苹果寄给亲友。同时，大家还对苹果实惠的价格表示满意。此时的康维起，更加坚定了回家乡创业发展电子商务的想法。他希望凭借电子商务平台，将礼县的苹果及其他特产送出山沟，让喜欢它们的人都可以吃到，让不认识它们的人都有机会品尝到。

他回到老家，把自己的想法跟父母一说，谁料家里人却满是担忧。传统观念的束缚，让父母觉得这些事情很难执行，因为苹果不同于别的产品，一旦物流不畅，在路上耽搁太久，很容易腐烂，到时候生意肯定做不下去。父母的话固然有道理，但是，康维起并不甘心就此放弃，他一直在积极酝酿，渴望寻找到在家乡发展的机会。

涉足电商　开始创业

2013 年，电子商务开始兴起。有一天，康维起得知县里正在组织电子商务培训，于是马上兴奋地报了名。机遇总是垂青有准备的人。康维起感觉礼县苹果的机会来了。

2014 年，陇南市出台了大力推动电子商务发展的政策。在政策的鼓舞下，当年 5 月，康维起带着自己的团队在淘宝网上开设创建了第一个"礼县苹果店"。

万事开头难。等到康维起真正入手做电商，才渐渐地发现每往前走一步，都需要付出巨大的努力。从装饰网上店面，到写文案，拍摄图片，再到熟悉电商规则，做客服与顾客聊天，他投入了很多的心血。三个月的时间转眼就过去了，他的网店却只卖出去了一单。这几斤苹果出售所获得的利润只有几元钱，还不够他支付一天电费和上网费，更别提支付自己团队人员的工资了。听起来，这就像是一个笑话，这让康维起深受打击。

事实上，失败的客观原因非常明显，那就是交通不便，物流运输困难。礼县境内山峦叠嶂，坡陡谷深。在地理结构上，受新构造运动的影响，山谷切断较深，山地面积大，占全县总面积的 91%，沿途都是山区，交通闭塞，物流业不发达，运输就是一个很大的问题。试想一下，如果客户下单之后，快递要在路上耽搁好几天，快递的水果装在车上，一路颠簸不断，到了中转站再耽搁一段时间，等运到客户手上的时候，新鲜的水果也有可能变成"破相"的蔫果。这无疑会减少客户的复购率，让店里的口碑断崖式下跌。没有客户下单，网店就没有生意，自然就没有收入。而此时，康维起的同龄人大多结婚生子，或有一份稳定的工作，过上了温馨的生活。在农村生活的人，大多结婚较早。在父母的眼里，早点结婚生子，找份安稳工作，才算过上了踏实日子。而康维起整天泡在网上，不出去工作，也没有收入，显然是父亲眼中的"不务正业"。父亲非常生气，于是就跟康维起商量，让他跟着自己做一些传统的生意，让生活重回正轨。可是没有想到，从小乖巧听话的儿子，此时此刻却跟他犟了起来，坚决不同意父亲的说法。他告诉父亲，他认定了这条路，哪怕有一点点希望也必然会坚持走下去。可是父亲觉得他一不懂技术，二不懂营销平台的规则，就这么盲

2014 年，康维起在良源果业合作社刚开始
创业时的工作状态

目地瞎折腾，这样下去根本不是办法。父子俩吵了半天，父亲气呼呼地出门干活去了。

康维起冷静下来之后，认真思索，觉得父亲说的话也不无道理。他打开网站的界面，自己的网店看起来比较简陋，界面不美观，也比较单调，很难吸引顾客。反观别的水果网店，美工做的图非常精美，文案写得也让人心动。还有水果的图片，一看就水灵灵的，让人非常有食欲。如果站在顾客的角度，即便他自己

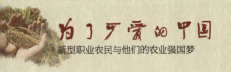
也会选择别人的网店下单。

晚上，父亲回家的时候，康维起给父亲道歉，同时表示，父亲说的话很有道理。不过，如果就此放弃，那他真的有些不甘心。父亲见儿子主意这么坚定，也就无奈地摇了摇头。不过，他提出一个期限，以一年为期。如果再没有起色，就老老实实跟着自己做生意。康维起点点头，同时他的心理压力也变得更大。为了不让自己的希望落空，他决定全盘筹划事业。通过朋友的帮助，他招聘了当地的一个美工。两人决定把网店的页面完善起来。康维起潜心研究、大力宣传自己的网店。康维起事后回忆起这段经历，颇为感慨地说："平台运营上线三个月才卖了一单，父亲不看好我做电商，多次阻拦，但我觉得这条路我应该走下去！"

网店的页面在进行改善的同时，康维起也开始在产品经营上做文章。苹果的包装也是一门学问。一方面，在长途运输过程中，要保证水果的完好无损；另一方面，要让客户在看到苹果的第一眼，就建立良好的消费体验。这里边的学问看似简单，却涉及成本、运输、营销等多个方面。曾经有一个客户向康维起吐槽，自己拿到苹果之后，看着简陋的包装，都怀疑他们的专业性，以及是否对顾客有所尊重。

既然自己做得不好，那就向别人取经。于是他每天上网研究别家的水果店铺。一些生意好的水果店，他干脆下单订购人家的苹果。从此之后，康维起过上了天天吃苹果的生活。最多的一次，他一天吃了50个苹果。每天一睁眼，他便泡在苹果堆里研究，最忙的时候，一天只睡两个小时。通过不断地买其他地方的苹果，康维起学习他们的包装，了解他们苹果的口感和特点，然后再加以借鉴，同时与自己的产品进行比较，寻求差异化经营的途径和思路。在每家淘宝店铺的后边，都有顾客们的评价，有评论苹果口感的，有评价苹果包装的，还有发布对产品建议的。康维起对这些评论非常重视，一条一条地看并思索着。为了让自己不遗忘，他还认真做笔记，并且寻求解决的方案。父亲见康维起这么认真，也渐渐地理解了儿子的初衷；他有时候也跟着帮忙发货，出主意。要说姜还是老的辣，在父亲的建议下，康维起开始着手对产品进行全面优化和改进。但是只凭他一个人的力量，毕竟是有些薄弱。事业要铺开，离不开团队的力量。

通过礼县人民政府推荐和自己招聘，他继续增强团队力量，在产品设计和推广上下了很大功夫。美工有了，设计来了，文案也加入其中；包装和运输物流方面，康维起也开始下功夫。网店的生意渐渐有了起色，快递量多了起来。他觉得不能让产品困在物流上。如果产品数量多，他会直接联系物流的第一个分拨点，然后让物流的人直接把货拉走，以节省水果在路上的时间。他还积极寻求其他的快递物流方式来解决产品的邮寄方式，在深圳做快递员的经验给了他很大的帮助。他凭借这些经验，不断地调整自己的销售策略。与此同时，他发现淘宝这个电商平台有自己的销售规则和销售节奏。比如一些重要的节日，还有一些商业化的节日，像"双十一""双十二"的时候，淘宝商家们都会推出一些优惠券和销售叠加的打折策略。虽然这样的销售策略每一单的利润下降了，但是销量可以大幅度上升，同时还可以扩大用户群体，不失为商品促销的好时节。起初，康维起对这些节日和营销策略不熟悉，导致自己吃了不少亏。等他熟悉了这些规则之后，与同伴一起制定相应的促销策略，一起加入促销大军中。同时，他们在客服区还与顾客亲密地进行互动，及时了解顾客的反馈，再根据顾客的意见，积极地改进自己的销售方法。时间一天天过去，终于，他们在网上的销量有了起色，从十几天一单，渐渐地变成了一天十几单。父亲看着儿子的网店有了进步，也不再反对他做电商平台的生意，甚至在闲暇的时候，也跟着出谋划策，帮助儿子一起打理店内的生意。而生意好了之后，康维起觉得忙不过来，于是又招聘了更多的人手，渐渐形成了自己的小团队，形成了一支"康家军"。

别人的成功可能靠运气，但是康维起的成功却是自己凭借耐心和用心一刀一枪拼出来的。终于，2014 年 10 月，网店的生意有了起色，礼县苹果店开始大卖，11 月竟然获得了淘宝网水果类苹果销售第一的佳绩。这个结果让他兴奋不已。康维起开始踌躇满志，渴望来年再大干一番，让事业上一个新台阶。

遭遇雹灾　爱心助农

天有不测风云。康维起的经商之路并非一帆风顺。

2014 年 10 月，康维起所在的永坪镇九图村，由于幼果期受冰雹袭击，苹果成熟采摘后品相不好。上好的苹果表面有了坑坑洼洼的伤痕。这样的苹果要想销售出去，比登天还难。前来收购果品的商贩们纷纷空手而归，他们可不想冒险做赔本的买卖。看着堆满地的"花牛"因"长相"不佳而滞销，果农们无奈地说，即使价钱低些，卖出成本也行，这些年已经投入了不少资金，来年还要上肥，还要管理，需要钱的地方太多了。

面对实际困难，康维起和团队一起，精心写了文案，配了照片。2014年10月16日晚上，一条"陇南礼县爱心助农苹果"的微博吸引了众多网友。微博称："今天到永坪乡九图村，400多亩苹果今春遭雹灾袭击，果面留下疤痕。现在苹果采摘了，吃起来一样香甜可口，但因卖相不好都堆在地里无人问津，眼看一年的辛劳付诸东流，干部群众心急如焚。感谢大家的爱心，购买好吃的爱心苹果，帮助九图村的果农！"此微博一发布，网友们纷纷发来信息，在网上订购。很快，订单就达到25万斤。

自从在网上发起了爱心苹果销售活动，康维起马上行动。他和团队的其他5个小伙子雇了货车，开到山里一家一户拉苹果。起初听说被冰雹砸坏的苹果能卖出去，果农还不相信，而且给出的价格很不错，这让果农们充满了疑虑。好在康维起是本地人，他掏出手机给大家解释，并把事情的经过详细地讲给果农听。得知康维起如此用心，果农们大受感动，连夜配合大家装车。团队的6个人奋战四天三夜，拉回26.5万斤爱心苹果。

在广大爱心网民的大力支持下，一张张订单被提交，一份份爱心在凝聚，九图村26.5万斤"破相"苹果就这样被广大爱心网友抢购一空。当把48万元苹果款送到九图村的果农手中时，果农们极为感动。

活动结束后，康维起的电商团队成员一起给时任陇南市委书记孙雪涛写了一封信。没有想到的是，孙书记给他们回了一封亲笔信。收到信后康维起受到了极大鼓舞，更坚定了他要通过电商将苹果卖出去的信心。

这件事在当地创造了一个奇迹。很多果农闻听此事之后，特意主动与康维起联系。他们觉得眼前这个质朴的小伙子是一个可靠的人，信赖感油然而生。苹果每年都会结出新的果子，来年，他们期待着再度与他合作。这是一种千金难买的信任，同时也保证了苹果网店有了固定的果品货源。

服务转型　创业孵化

康维起的成功带动了当地物流业的发展，也给当地的果农树立了一个学习的标杆。从此之后，礼县的网店数量也如雨后春笋般快速增长。康维起意识到，如果自己再带着团队搞同质化的竞争，那显然不会有更远大的前景。如果再打起价格战，那自然是对果农的一种伤害，这也不是他希望看到的。这个有魄力的汉子，开始谋划更为宏大的前景。

礼县农业人口 46.95 万人，2017 年农民人均可支配收入 5960 元，是国家级贫困县，也是甘肃省 23 个深度贫困县之一。全县有贫困村 313 个，2014 年底有建档立卡贫困人口 12.24 万人，贫困发生率 26.1%。长期以来，礼县是甘肃省贫困面最大、贫困程度最深、脱贫攻坚难度最大的县区之一。康维起决定带领当地的乡亲们一起脱贫致富。礼县的扶贫政策也给了康维起很大的支持，在礼县相关部门的支持下，康维起开始思考建设创业孵化园，他要把自己的团队由电商向服务商转型。

康维起做农业是出于对农业的热爱。他对土地和自然有着天然情怀。农业虽

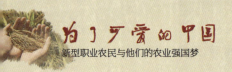
然做起来艰辛，但他却心甘情愿置身其中；明知道农业是投入多、回报慢的行业，却不改初心，继续前行。由于礼县地理环境及近年来电子商务的大力发展，每年苹果大量上市时，快递发不了货成了全县电商从业人员最头疼的事情。康维起团队在 2016 年开始探索，尝试在西安建立分仓、将包裹分流到各个快递公司，但始终没有很好地解决物流压力。2018 年，陇南市电子商务发展局主导开发了一款智慧物流软件，这款软件对康维起的团队来说好比雪中送炭，其智慧物流的功能，将从根源上解决了全县快递包裹分拨不出去的难题。从此之后，康维起的团队在苹果上市高峰期采取直发模式，不经过第一站分拨中心，直接将包裹通过物流车拉到不同的大型分拨点，解决了货物到第一站分拨中心分不出去的难题，同时大大提高了物流速度，提升了客户的购物满意度。并且通过大数据的统计，让康维起团队可以更好地了解不同区域对礼县苹果的需求，减少了康维起团队不必要的推广成本。

2017 年，康维起在公司接受采访

此时的康维起已是礼县良源果业专业合作社电商团队的负责人。在他的团队里已经有 40 多名青年。他们在天猫、淘宝等线上平台开设了 7 家网店，将偏僻家乡的农副产品通过电商渠道远销至全国各地，年平均交易额达 3000 余万元。2016 年，康维起网店全年网络销售额突破 4000 万元，电子商务在农产品销售领域显示出了巨大的能量。帮助贫困户销售农产品成了康维起团队不断进取的动力。此后，康维起又注册成立了良源电子商务有限责任公司，并把目光瞄准了电子商务精准扶贫。在反复与政府的扶贫干部沟通，并与团队协商之后，康维起团队一起确立了"义卖＋就业＋代销＋代购"模式，积极带动当地农民就业，推动当地果树产业的蓬勃发展。随着果农们的苹果一车接一车地拉往外地，康维起也在当地树立起了自己的口碑和形象，壮大了自己的事业。

当地媒体采访他时，他对记者说："过去，每到销售旺季，村里苹果便滞销。现在，通过电商不仅把村里的苹果卖到了全国，还把外地的苹果也拉到了陇南来销售！今年合作社的苹果产量不到300万斤，我们电商销售了其中的200万斤。以前果农们总发愁卖不出去，也许今后会发愁没货可卖呢！""我们还为礼县230家电商提供苹果货源，2014年11月、12月线上共销售苹果145万斤，达753万元，礼县的苹果网店月销量居淘宝网全国第一。"

2015年，良源电商网店进驻淘宝网"双十一"大卖场分会场，单日销售达191万元，良源电商网店进驻淘宝网"双十二"大卖场主会场单日销售176万元，位列行业全国前三；2016年9月5日，阿里巴巴村淘携手甘肃良源电子商务有限责任公司2016年举行新品发布会，上午10点开始，一分钟成交量高达16000单，交易额64万元，创下了新的纪录，同时取得了淘宝网水果第一、访客行业第二、实际支付转化第一的好成绩，在阿里巴巴和网销行业引起了较大的轰动。这也带动和培训礼县电商从2015年被动培训开店500多家到2023年的主动自学开店2000多家。

为跻身全省乃至全国苹果电商行业排头兵行列，康维起通过果园实时视频装置实现"果园到舌尖"的网销模式，并高薪聘请40位电商人才，提升网店运营服务水平。

康维起电商事业的蓬勃发展，让礼县群众对电商有了新的认识。2016年，礼县群众通过主动自学开网店1200多家。短短几年，康维起也从快递小哥变成了"全国十佳农民"。

2016年9月，借着生意正好的势头，康维起决定寻求更大的平台进行合作。在他四处奔走筹划之后，分别在杭州和南京设立了办公室，与阿里巴巴和苏宁易购保持及时沟通，并且在西安租赁了长期库房。不久，他们公司向农村发展银行申请的3800万元基金支持到账，他要带领年轻的团队做全县电商发展和"互联

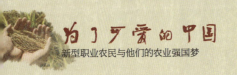

网＋精准扶贫"的引领者。从单一传统销售到"互联网＋"多渠道精准销售，康维起将特色农产品销售渠道进一步拓宽，特色农业产业效益得到最大化，收益得到较大提升，电子商务已经成为推动礼县农村经济发展的新引擎。

自己发展起来了，康维起最先想到的是父老乡亲。2018年，康维起的电商公司与盐官镇9个村签订了产业扶持

2021 年，康维起看望五保户

资金入股龙头企业带贫协议书，大力推广贫困户入股分红政策，保证入股贫困户的保底收益。截至 2023 年 4 月，已有 181 户贫困户成为公司股东。

2021 年，康维起等看望五保户

回顾自己走过的路，从事农业带动农民增收，到实现乡村振兴，以电商赋能探索扶贫助农长效机制，康维起画出了自己的事业蓝图。出售苹果是礼县脱贫致

富的富民产业，同时也是带动地方经济发展的支柱产业。搭上新电商的快速列车后，礼县农民的收入大幅增长。通过电商平台，康维起带着自己的团队，将原产地的"最初一公里"直连消费端的"最后一公里"，真正做到了把利益留在农村。自从在电商平台上开了网店，农民们再也不用担心苹果的销路了，在销售价格上也有了更多话语权。

与此同时，康维起的公司为 40 名未就业大学生及实习大学生提供就业学习平台，平均每天用工达 80 余人次，最高时期每天达到 300 余人次，公司重点招收的贫困家庭成员人均月工资 3000 元。

2014 年，康维起参加展会

2018 年 6 月 29 日，甘肃省委书记林铎，山东省委常委、青岛市委书记张江汀，陇南市委书记孙雪涛及两省相关领导陪同，调研考察指导良源驻青岛陇南电商体验馆及良源外贸办事处

康维起的良源电商还是礼县跨境电商贸易的龙头企业。2016年，良源电商成立了外贸跨境电商团队，在青岛成立外贸办事处，截至目前团队已创外汇1500多万元。出口农产品主要销往东南亚（马来西亚、孟加拉、斯里兰卡、马尔代夫），中东（迪拜、科威特、卡塔尔），非洲（贝宁、南非、圣多美）等。良源电商还积极帮助陇南本地电商企业开拓跨境电商业务，做了跨境电商的铺路人。

康维起常常对别人提起："我是农民的儿子，天生有对土地的热爱，对田园的向往。"康维起2016年荣获中国果品流通协会"中国果业杰出新农

2020年12月，康维起参加陇南市电子商务大会

人"称号，同年，被农业部评为"全国十佳农民"。目前，他还担任陇南市电子商务协会常务副会长。在自身发展壮大的同时，康维起还积极履行社会责任。他把电子商务与精准扶贫工作有机结合，探索走出了一条"入股分红、代销代购、创业就业、公益促销"的带贫帮扶新路子。截至2019年，带动帮助943户贫困户增收脱贫，因此，荣获2019年"全国农村青年致富带头人"。

"电商路上的成功离不开政府和家乡父老乡亲的支持"，康维起和他的良源电商主动承担社会责任开始了"反哺"之路。良源电商长期帮扶盐官镇排头、西沟、鸭河等贫困村，帮助他们代销代买，增收减支。从2014年至今，代销滞销苹果累计50余万斤，帮助果农增收200余万元。也正是康维起这一群电商人的努力，让果农们尝到了增收的甜头，增收致富的信心也更加饱满。

在康维起的仓库里，高峰期每天约有300人来打工，包装苹果主要靠妇女老人，很多妇女老人手很快，每月能赚到3000元。更重要的是，有了电商以后，让留守在家的妇女和老人有了经济来源，让贫困户多了一条增收路。

康维起接受过人民网、央视、新华网、新浪、《人民日报》、《甘肃日报》、《鑫报》及欧盟等国内外主流媒体的采访。面对媒体，他信心百倍地说："我们的团队将进一步抢抓电商扶贫重大机遇，尽快形成电商产业规模效应，不断扩大礼县苹果产业市场竞争力，帮助更多果农增收致富。"

辛勤的付出，也让他有了满满的收获。康维起先后被评为"2014 感动陇南十大新闻人物"，2016 年度"全国十佳农民"，2019 年 6 月被评为"改革开放 40 周年果品

2021 年，康维起在宝鸡全市乡村振兴工作中授课

行业杰出人物"；他创办的公司先后荣获 2015 年度"甘肃省电子商务示范企业"，2017 年度"十佳农民专业合作社"、"甘肃省农业产业化重点龙头企业"，2018 年入选全国农民专业合作社扶贫典型十大案例。

2020 年 7 月 27 日，国家扶贫办主任刘永富、甘肃省委书记林铎、副省长兼陇南市委书记孙雪涛一行调研陇南电商，了解良源电商在脱贫攻坚中发挥的作用

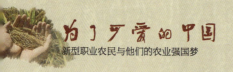

谈及今后的发展，康维起信心满满地说："电子商务是未来经济发展的新动力，电子商务的兴起让经济运行更快、周期更短，这也给企业的升级改造提供了良好的机遇。我们有信心、有责任把特色农产品电子商务做得更好，也一定会紧紧围绕市委、市政府的中心工作，发挥模范带头作用，推动农业由'种得好'向'卖得好'转变，再由'卖得好'倒逼'种得更好'，为陇南市经济繁荣发展作出应有贡献。"

第九章

黄　磊
打响"正阳花生"农产品地理标志品牌

在一片绿油油的花生地里，黄磊正蹲在一片嫩苗前，捧起田里的一把土，认真地向一位慕名而来的农民讲解绿色花生的种植技术。农民听得很认真，眼睛专注地盯着黄磊那双布满茧子的大手。他正在向农民讲解如何探测土壤的墒情，以及如何根据墒情确定何时给花生浇水。在反复讲解和确认对方听懂之后，黄磊又加重语气嘱咐了一句："咱们种的这种花生，跟普通的花生可不一样，那可是'农产品地理标志'产品。你一定得好好种，千万别砸了咱们自己的牌子。"看到这位农民兄弟郑重地点了点头，黄磊这才露出了欣慰的笑容。

黄磊是河南省正阳县清源街道办事处李通村的农民。他于 2006 年外出务工返乡后，便开始创业。这位农村青年以自己独有的韧性和对耕耘的热情，从承包土地开始，此后逐步进行规模种植，一步一个脚印，一年一个台阶，最终靠自己的勤奋成为一名卓越的新农人。目前，他带领农户达 460 多户，拥有仓库容量 1 万吨，晒场 1.5 万平方米，花生精选加工设备 10 台（套）、大型农机具 50 台（部）等固定资产 1800 多万元。

黄磊获评"全国十佳农民"

所有的勤奋都不曾被辜负，黄磊倾尽全力的付出，终于让整天跟泥巴打交道的手上捧起了金灿灿的奖杯。2011年12月，他被国务院授予"全国种粮售粮大户"，同年被全国总工会批准享受"全国劳动模范"待遇；2013年12月被河南省人民政府评为"高级农民技师"；2014年5月被驻马店市委、市政府授予"五四青年"奖章；2014年2月至今当选为驻马店市第三、第四、第五届"市人大代表"；2014年9月被河南省共青团、河南省委组织部等十部门评为"第二届河南省优秀农村实用人才"；2015年至今被驻马店市委组织部评为第九、第十、第十一届"拔尖人才"；2017年2月被共青团中央、农业部评为"全国农村青年致富带头人"；2018年5月被驻马店市科学技术协会评为"优秀科技工作者"；2021年9月被农业农村部评为"全国十佳农民"；2021年10月当选"中国共产党河南省第十一届人民代表大会代表"；2022年3月被驻马店市精神文明建设指导委员会办公室评为"驻马店好人"；2022年9月被农业农村部市场与信息化司评为"大国农匠"；2023年1月被驻马店市人民政府评为"驻马店市政府特殊津贴人员"；他创办的"正阳县黄磊家庭农场"2014年被河南省农业农村厅授予"省级示范家庭农场"；等等。

生于乡村　长于田野

河南省正阳县被称为"膏粱丰腴之地"。这里沃野千里，土地肥腴，自古以来就是农人心目中理想的耕种之地。在当地，有"一半米一半面，掏钱难买正阳县"的民谣，这无疑展示出了老百姓对正阳县这片热土的挚爱之情。

黄磊出生于1980年10月，在正阳县清源街道办事处李通村长大。小的时候，他就跟着父母一起下农田侍弄庄稼。村里人常说，正阳县有三件宝：花生、小麦、生猪。农作物就占了其中两样。如今，正阳的花生、小麦、生猪已经成为三张全国"农业百强县名片"。

正阳县的田野风光，有着独特的乡情野趣，让黄磊自小就着迷。他深深地爱着这里，但也深谙种地人的辛苦。谁知盘中餐，粒粒皆辛苦。一滴汗水摔八瓣才能换来粮食的丰收，他从小就耳闻目睹，同时也培养了他对农业种植的兴趣。

现代化的农业可不是一件简单的事情，并非在土壤里撒下一把种子那么简单。正阳是农业大县，黄磊对"土地是农民的命根子"有着深刻的认识。从挑选优良品种、精量播种、配方施肥到病虫害防治等，无一不需要新农业技术的加持。但是父母却希望儿子长大之后，能尽快去外面的世界看看，长长见识，见见世面，这是一对农民夫妇最朴素的心愿。

于是，在读完中专之后，黄磊背起行囊，告别父母，去了外乡打工。这样的生活持续了10多年。每当到了节假日或过年的时节，他总会回到家乡看望父母。时间一天天过去，父母也渐渐变老，身体也大不如从前，他便有了回老家奋斗的心思。

在一个初夏时节，黄磊骑着摩托车去花生地里帮父母干活。他骑着摩托车，闻着两边野花的清香，行驶在绿油油的田间，看着眼前的天空蓝得像一匹缎子，他的心情无比舒畅。就在那一刻，他想，其实留在老家种田，也是不错的选择。来到花生地里，看着绿油油的花生苗，他心里有说不出的舒畅。对这片土地，他有着深沉的热爱。如果留在父母身边，不仅能照顾他们，同时也可以伺弄这些肥沃的土地，这是个一举两得的事情。而且他在外面打工已经漂泊了10多年，积累了一定的社会经验和经济条件，也有了回乡创业的勇气。

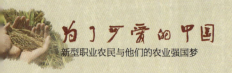
当他试探性地向父母提出这个想法的时候，谁料却遭到了父母的坚决反对。毕竟种地是需要看天吃饭的行当，远不及在外边上班光鲜和体面。而且老家远没有都市的繁华，农村也有落后的一面，他们不想儿子在外边奋斗 10 余年，最终还是回到村里做"土里刨食"的生计。于是，父母发动了亲戚和朋友劝解他，希望他能改变主意。

但是，黄磊却坚定了回乡发展的决心。他之所以没有立刻回到乡里，只不过是在等待一个时机。

流转耕地　第一桶金

好机会很快就来了。在一次回乡探亲的时候，黄磊得知，自己家附近的一个农场，有将近 2800 亩土地要对外流转。听说这一消息之后，黄磊激动得夜不能寐，这可是个千载难逢的好机会，绝对不能错过。

于是，黄磊拿出了自己打工多年攒下的积蓄，流转了该农场分场的 300 亩耕地，开始探索规模化种植。这件事在当地引起了不小的反响。很多人疑惑不解：黄磊在外边混得风生水起，日子过得好好的，为什么非要跑回来创业呢？大家都觉得黄磊的行为不可理解，甚至有的亲友专门上门来劝解黄磊。大家潜意识里都觉得，种地可不是一件有前途的工作。

可是黄磊却有自己的主张。流转到 300 亩耕地之后，他马上着手开始投入全部的精力来务农。从开着拖拉机耕地，到播下种子，他每天天不亮就跑到地里去忙活，等到星星出来了，这才往家走。家人看黄磊这么用心，也就渐渐地转变了看法。300 亩地可不是小数目，要真正种好，那也需要下苦功夫。尽管以前种的是自己家的地，小打小闹的也积累了一些务农的经验，但是比起那些有知识有文化的科技人才，黄磊明白自己与人家还是存在差距的。于是，他开始上网查阅信息，然后找到相关农学专家，专门向他们请教种植技术。

时间一天天过去，庄稼的长势越来越好。这吸引了过路的农民围观，他们站在田间地头议论纷纷，看到黄磊就上前搭话，问他庄稼怎么管理的，怎么长得这么好？黄磊从来不会藏私，通常会毫无保留地把自己的技术传授给对方。因此，他结交了一批志同道合的农民朋友，遇到什么困难，也互相协商解决。这让他对自己的未来有了更大的信心。他相信这是一份伟大的事业，值得自己为之奋斗终生。

"我们家祖辈几代都是种地的，对土地有一种天然执着的热爱和感情。我是一个地地道道的农民，不过是新型职业农民，现在叫高素质农民。"黄磊说，"农业是个大舞台，只要肯下功夫，土坷垃也能种出金豆豆。"

黄磊为之奋斗的热土并没有辜负他的付出。秋天到来的时候，他流转的土地获得了丰收。经过辛勤耕耘和精心管理，他种出来的粮食比别人品质更高，也更能卖出一个好价钱。当所有的粮食都卖掉之后，黄磊一算账，开心不已。他在当年实现亩收入 1800 元，总收入 54 万元，实现纯收益 20 多万元，挖到了人生的第一桶金。

规模种植　转型升级

第一年种植的成功，大大增强了黄磊的信心。家人看到他靠种地获得了高收入，也更加支持他的工作。附近的农民见到了黄磊的庄稼取得这么高的收益，也纷纷跑来向他"取经"。但是黄磊明白，要想让赢利的种植模式持续下去，走规模化种植是必不可少的一步。于是到了第二年，他开始着手进行规模化种植。

从播下种子，到看着农作物一天天长大，黄磊每天泡在田里照顾这些蓬勃的生命，观察土壤墒情，了解病虫害的防治。他日复一日地忙碌着，也一点点地摸透了种植的技术和农作物的生长规律。

时光荏苒，转眼三年过去了。在这三年时间里，黄磊有了更大的收获。"连续三年的丰收，手头有了 70 多万元的流动资金，这更增大了我的'野心'。"黄磊作出一个重大的决定，"2009 年我流转下了全部的 2800 亩耕地，扩大种植规

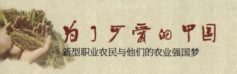
模。这可是搭上全家身家性命的'抉择'——只租金就 180 多万元。当时家人很担心，他们一辈子都没有见到过那么多钱，还担心如果遇到自然灾害或管理不当就玩完了。"

事实上，除了考虑自然因素外，还要考虑如何提高种植技术，从而提高农作物的产量，让庄稼获得更好的收成，也创造出更高的经济效益。通过摸索，黄磊认识到，要想把地种好，还得靠科技。他聘请高级农艺师为技术顾问，还经常参加相关的培训班，学习农作物高产高效种植技术，以及引进品种、精量播种、配方施肥、病虫害防治等一套科学种田的先进技术。同时，将学到的知识运用到每一个环节，遇到解决不了的问题，就向专家请教。

从此之后，黄磊每年有 100 多天忙在地里。他查看作物长势、查找病虫害、抗旱除涝，一刻不敢懈怠。

功夫不负有心人。由于管理有方，从 2009 年开始，小麦亩产达 1000 斤以上，每亩增产达 200 斤；玉米亩产 1100 斤，每亩增产达 180 斤以上，实现年粮食总产 1800 吨，卖粮收入 300 万元。

随着种植规模的扩大，周边的农户也渐渐地被吸引了过来。大家都想跟着黄磊一起干，还有的人想到他的农场工作。越来越多的人想投入这支种粮大军。

2011 年，黄磊注册成立了黄磊家庭农场和柏雄农民种植专业合作社，示范带动周边农户规模种植，争取更大收益，实现共同富裕。

2013 年 4 月，黄磊注册成立了正阳县黄磊家庭农场，该农场位于清源街道办事处李通村，流转耕地 2800 亩。

特色种植　改革拓路

几年过去了，黄磊通过种粮赚到了钱。

但是，随着社会的发展，种植技术的提高，粮食市场渐渐趋于饱和。渐渐地，农民们卖粮难的问题浮出水面。这样一来，种粮的农民并不赚钱。大多数情

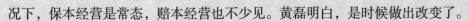

况下，保本经营是常态，赔本经营也不少见。黄磊明白，是时候做出改变了。

黄磊改变了理念，粮食产品"去库存"，关键在于一个"调"字，靠调结构达到人无我有、人有我特。

2015年，黄磊在种植业上打起了主意。他依托流转耕地连片集中、管理方便的优越条件，想到自己的经营模式适合良种繁育，便构思与种业公司合作的新思路，寻找种业公司开展种业合作。

驻研种业公司、河南恒丰农业发展有限公司等多家公司看中了他这家农场连片面积集中、适合繁育种子、管理方便、统一收割等优点，便与黄磊签订了订单合同。

黄磊精明能干，自加压力提高标准，驻研种业看他是一把种地好手，对他的小麦独家收购，以高于国家托市2级小麦15%的价格进行收购。这样他的小麦每公斤要多收入0.6元，仅此一项，他的收入每年提高100多万元。订单一签，价格上提了许多，这样一来，种粮的赢利空间扩大，赚钱便不再是难事。

眼下，社会飞速发展，各种农作物种植的方法日新月异。只有跟上新技术的发展，才不会在时代大潮中被淘汰。黄磊决定向新技术看齐。如何推动农场再上新台阶，黄磊动足了脑筋。黄磊暗自下定了决心："农业的出路在改革呀！"为提高种植效益，黄磊加强与科研育种单位的联系。此后，农场相继与河南省农科院、驻马店市农科院加强新技术新品种试验示范的探讨并摸索总结经验，将流转耕地建成绿色良种繁育生产基地，每年为省、市农科院生产优质小麦种子300多万斤和优质花生种子180多万斤。

黄磊又打起了绿色种子主意。流转的耕地集中连片便于大型机械化作业，加上黄磊的管理经验足，非常适合发展良种繁育，他便顺势打开了与种业公司合作的新思路。多家公司也看中了农场的诸多优点，纷纷与他签订了订单合同。

2015年新年伊始，正阳县的邦农种业公司买断了河南省农科院院长张新友团队研发推广的高油酸花生品种豫花37的品种权，寻找合作伙伴也是公司的头等大事。

随着客户的增多，以及与众多科研部门的合作，黄磊的合作渠道变得更加多元化。不久，通过朋友的介绍，邦农种业公司找上门来要与黄磊合作，让黄磊种植500亩高油酸花生——豫花37。豫花37是国内唯一中小果珍珠豆型花生品种，

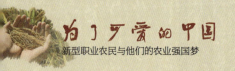
是河南省农科院院长张新友团队研发和着力推广品种。500 亩的豫花 37 只要质量过关，价格比普通花生每斤高 1 元左右。按亩产 700 斤花生果算，每亩能增收 700 元，一季花生增收 35 万元。"邦农种业公司找上门来要求合作种植豫花 37。我将 2800 亩土地全部种上了豫花 37 花生新品种，这个品种花生种子价格每市斤比普通花生高 1 元左右，每亩增收 700 元，一季花生增收 196 万元，农场单季效益达 700 多万元。"黄磊笑着说，"转型升级让我们农场再上新台阶，农业的出路在改革呀！我们农场就是农业供给侧改革的缩影！"

科技赋能　绿色兴场

在搞好规模化种植的基础上，黄磊开始搞绿色标准化生产，提高农产品质量和市场竞争力。农场要实现可持续发展，除了要提高农产品品质，还要拓宽产业链条，这样才能让农民分享更多的增值收益。通过学习培训，黄磊的绿色生产理念也不断提升，同时思考着如何带领本村农民走共同富裕的路子。

在日常生活中，黄磊一直在关注绿色种植的相关科技信息。他明白，如今的消费者，早就不是过去需求的那样，只想吃饱吃好，他们更需要吃得精细，餐桌上的饮食也渐渐变得越来越追求绿色和高品质的农产品。

为此，黄磊在经过一系列的调研学习之后，决定开展绿色农业种植，降低农药的使用频率，提高农作物的种植质量，优化土地上种植的优势农产品品种……一系列的"组合拳"打出来，效果渐渐凸显。在他的努力下，2018 年，农场被农业农村部认定为绿色花生米标准化生产基地，生产的花生米被认定为绿色产品。农场成为带动周边发展绿色农产品的生产示范基地。

黄磊在注册的家庭农场和合作社组织周边群众开展绿色农业生产，发展本村及周边绿色标准化生产示范基地 10 万多亩。如此广阔的种植面积，原来的经营人员肯定不够，为此，黄磊马上行动，增加人手。他聘请市、县高级农艺师各 1 名为技术顾问，另外培养本合作社专业技术人员 8 名，专门为农户提供产前、产中技术服务指导。黄磊和他的技术团队不断推广标准化的生产设施、技术规范、质量管理，通过广泛应用病虫害防治统筹、绿色防控、生物防治等措施，带动越来越多的农户按照绿色优质标准生产小麦花生等农作物。他在熟练掌握绿色标准化种植的基础上，开展粮油产品的收购、加工、销售及提供市场信息等生产经营服务。

近年来，"农产品地理标志"成为各大媒体上出现的高频词，同时也是黄磊重点关注的对象。黄磊意识到，如何树立自己的农产品品牌，将是他需要重点谋划的事情。正阳花生天下有名，更具有非常好的品牌效应。而自己种植的农产品如果能

外来客户参观生产基地

获得品牌认证，那无疑是获得了一块金招牌。想到这里，他马上联系相关部门，对自己农场生产的农作物进行测评指导，同时进行技术方面的调整。

在黄磊的努力下，农场种植的小麦、花生不但通过了绿色食品认证，还获得了良好农业生产规范认证，被正阳县花生协会授权使用"正阳花生"农产品地理标志。

随着各大电商平台的兴起，黄磊也把目光转移到了互联网上。他认为自己拥有优质的农产品，完全可以在电商平台上找到最佳的合作伙伴。于是他不断地开拓市场，多方奔波。在与相关的农产品电商平台多次联系之后，他终于开拓了自己专属的营销渠道。电商平台上的订货量往往很大，在他的努力下，很快将周边4800多个农户通过标准化模式生产出来的花生等产品销往全国各地。在黄磊的精心耕耘之下，他的农场种植生产的绿色食品各项参数均优于普通的农产品。同理，因为是绿色食品，其销售价格也比普通小麦、花生高出10%—20%，这样不仅增加了当地农民的收入，还让他们也分享到了互联网时代带来的增值收益。

黄磊在测评粮食技术指标

致富思源　帮扶脱贫

黄磊对家乡这片土地有着深切的情怀，同样也对乡亲们有着深厚的感情。随着他的农场效益一天天地提高，收入有了很大的增幅。在创造财富的同时，他也想为家乡的扶贫事业贡献自己的力量。

"一人富不算富，大家富才是真正富"，这是黄磊经常挂在嘴边的话。乘着党的惠农政策的东风，他带领广大农村青年共同谋划致富的途径。为扩大经营范围，拓宽农业产业链条，带领村民共同致富，黄磊积极开展小麦和花生的产前、产中、产后的高效种植，粮油农产品收购、加工、销售、贮藏，以及技术、市场信息等生产经营服务，取得了较好的社会效益和经济效益。

授人以鱼，不如授人以渔。为了让贫困农户掌握更多的种植技术，了解更多的耕种方式，2012年以来，黄磊每年开展小麦、花生技术培训10余场，辐射带动农户种植优质小麦和优质花生优良品种，推广小麦精量播种、配方施肥、病虫草害综合防治、花生拌种、起垄精播种植及增微调控等关键种植技术，500亩花生示范基地平均亩产达到650斤，较往年平均亩产450斤增产200斤，增幅达40%以上。

　　黄磊深知，助力扶贫工作并非简单的帮扶或者传授技术就能解决问题，还需要激发农户种植的积极性，让大家乐意干、抢着干。这无疑离不开科学的管理和引导。于是，黄磊虚心向相关的管理人员请教，寻求一套科学的管理办法。他心里明白，现在再也不是"面朝黄土背朝天"的时代了，唯有采取科学的管理方式，才会取得更为高效的成果。在一番筹划之下，他推出了代管代种模式。第一种方式即在双方自愿的前提下签订全托管代种协议，贫困户把所承包的耕地交由农场全权管理。由农场全额出资进行耕种收，统一经营管理，优质小麦和绿色花生生产周期结束后，农场按照协议中托管代种协议条款，一次性付给贫困户小麦加价款（按国家三级麦保护价格加价15%）。项目结束后，经项目监督审查小组审查经营收支后，通过优质小麦和绿色花生种植代管代种模式，主要解决老弱病残及无生产能力的贫困户脱贫。第二种就是带动贫困群众就业脱贫模式。由于优质小麦和绿色花生种植产业属于劳动密集、周期长产业，每个管理周期可以提供100个就业岗位。按每个优质小麦和绿色花生种、管、收三个管理周期计算，可解决300名贫困人员就业。按每月工资1500元计算，两个月就可解决1名贫困人员脱贫。优质小麦和绿色花生生产周期为全年周期，就这样，依托2800亩种植基地，黄磊的农场在每个管理周期提供100个就业岗位，种、管、收三个管理周期，可解决300名贫困人员就业。2017年农场完成本村25户156人脱贫目标，2018年完成3个贫困村325个贫困户脱贫，2019年完成118个贫困户脱贫。

　　除此之外，黄磊还采用小额贴息贷款模式帮助乡亲们脱贫，完善帮扶形式，拓展贫困户增收渠道。

2011年，黄磊获得国务院奖励的东方红拖拉机

近几年来，黄磊的成长和农场的发展，得到了各级相关部门的支持，当地政府和省、市、县领导，以及农业广播电视学校的老师经常来指导服务，解决了不少技术和经营上的难题。省、市、县领导多次来调研，提出不少好的发展思路。作为新型职业农民的代表，省党代表，市、县人大代表，黄磊深感自己的肩上责任重大。作为新型职业农民的他，积极响应党和国家的号召，紧紧抓住国家重视支持新型农业经营主体和培养青年农场主的机遇，将自己的家庭农场经营得有声有色，成为当地新型农民示范的典型，为全面建成小康社会、推动乡村振兴作出了积极的贡献。

优秀党员　投身公益

除了作为家庭农场的负责人，黄磊的另外一个身份是优秀共产党员。在日常生活中，细心的村民发现，黄磊在一些庄重的时刻，在衣服上端正地佩戴红艳艳的党徽。他似乎在用这种方式表达着自己思想深处坚定的信仰。

在日常生活中，他也一直用这个身份严格要求自己。无论是工作还是生活中都力求率先垂范，发挥着一名共产党员应有的先锋模范作用。他在参加组织活动，特别是开展结对帮扶活动时，始终积极主动、不计得失，用自己的爱心让群众感受到党和政府的温暖。他用自己的一言一行感染着周边的群众。他不仅仅是新时代的新型职业农民，还是正阳花生产业高质量发展联合社理事长、正阳县青年商会副会长、正阳县花生协会常务副会长。他多年如一日地带领会员，积极开展各项公益活动，助老助残、扶危济困，用爱心温暖着一个个贫困的家庭，把爱心洒满正阳大地的每一寸土地。

2020年，一场突如其来的新冠肺炎疫情暴发后，黄磊积极参与疫情防控工作，为疫情防控捐赠物资10多万元。在这场疫情阻击战中，黄磊尽职尽责、尽心尽力，切实发挥了一名优秀共党员的模范带动作用，竭尽全力参与战"疫"。

起初，疫情刚来的时候，村里人不了解这种病毒的厉害，根本不当一回事，戴口罩的人很少，聚集的事情也常有发生。这些情况，黄磊看在眼里，急在心上。在疫情最危险的时刻，黄磊勇敢配合村干部做各种防疫工作，跟他们一样冲在抗疫第一线。他走村串户散发、张贴宣传通知，开着宣传车巡村宣传，拿着登记表逐户排查核实人员，举着大喇叭劝阻聚众村民，扛着消毒喷雾器进行区域消杀。李通村卡点设立以来，他深感肩上担子更重、责任更大，带头做到24小时坚守，确保卡点管控工作体温测量最准确、登记最翔实、应急反应最迅速、管控最有效。

一个偶然的机会，黄磊听说有本村一家农户的孩子考上了大学，却没有钱读书。于是他主动送上一笔钱，资助这位农村大学生。这家人无比感激，一直将他送出了老远。望着孩子感激的神情，黄磊更加坚定了投身社会公益事业的决心。此后，他又资助了4名困难大学生，助学金10余万元。黄磊作为种粮大户，还多次当选村干部，在当地有很好的群众基础和良好口碑，每次村委会换届，他都成功当选李通村村委会委员，周边群众对他给予了很高的评价。

智慧农业　升级改造

一枝独秀不是春，万花竞放春满园。黄磊深谙这一道理。他曾经在电视上看到过美国农场的经营方式。在荧屏上，美国农民的种植更为现代化、集约化、智能化。在他看来，西方先进的农场种植技术，完全可以应用在中国的土地上。

于是，黄磊找来当地一些有名的花生种植大户，牵头组建正阳花生产业高质量发展联合社，自任理事长。吸纳全县知名的花生种植大户、加工企业、销售企业等参与，共同构建正阳花生产业链。他期望着有一天能够尽快让产业链成熟和完善起来。10余年来，黄磊练就了一身独特的花生生产、经营、管理本领，熟练掌握了一套花生绿色高质高效种植技术。一是掌握了一套麦后直播花生"一选四改"绿色高质高效生产模式。一选，即选择优质抗病及养分高效利用的花生品种；四改，即改常年旋耕为三四年深耕1次，改平播为起垄（宽幅高垄）种植，改单一用肥为平衡施肥，改病虫草害粗放用药为精准防控。技术要点：播前深耕30厘米，采用机械化宽幅高垄和先起垄后播种技术，施用含锌、钙等中微量元素的复合肥，利用复合包衣剂、杀虫灯、食诱剂、高效低毒化学药剂等进行病虫害综合防治。二是掌握了一套农业信息技术并能熟练操作应用到花生生产的全过程。在生产环节上，利用智慧农业系统对土壤墒情、肥力及病虫情进行实时监测，并依据检测结果提供科学的技术指导意见。在销售环节上，利用农产品质量安全追溯平台系统对花生进行质量检测和追溯，利用正阳花生信息网及电商平台进行花生宣传销售。

近年来，黄磊结合绿色标准化生产，不但使自己种植的2800多亩花生在长势、产量、品质等方面优于其他地方的花生，而且以农场为中心，带动本村及周边群众建立绿色标准化生产示范基地5万多亩。这些基地不仅产量高于全县平均亩产，并且品质好，价格也高于其他地方花生，为周边群众每亩增收400多元，5万亩地可为群众增收2000多万元，产生了良好的经济效益和社会效益。

黄磊接待上级领导参观

　　以前，听到"智慧农业"这个词，黄磊总觉得遥不可及。但是现在，再提起这方面的事情，他就像说自己村里的事儿一样信手拈来。经过一番技术改造，黄磊成了当地小有名气的种植大户。用当前流行的一句网络用语概括，那就是："你在悄悄地努力，然后惊艳所有的人。"他带着合作的农业种植户大干快上，带头推广应用智慧农业、信息农业技术，引领正阳农业技术升级改造；利用初步建成的智慧农业系统对土壤墒情、肥力及病虫情进行实时监测并依据检测结果提供科学的技术指导意见；利用农产品质量安全追溯平台系统对花生进行质量检测和追溯；利用正阳农业信息网进行网上推广，为当地的农业发展作出了积极的贡献。他取得的这些成绩得到了上级相关领导的认可。政府的很多领导来到黄磊的农场参观，肯定并称赞他的杰出贡献。与此同时，他还获得了全国农民技能大赛星光杯"大国农匠"一等奖。

2022 年，黄磊获评"大国农匠"

2022 年，黄磊参加中国农民丰收节

2022 年，黄磊被推选参加中国农民丰收节。会上，他认识了来自全国各地的很多同行，大家坐在一起兴奋开心地进行交流。会场的热闹让他意识到，种地不仅是一件光荣的事情，更是一种具有社会价值和积极意义的事情。他想起多年前的一个午后，当他告诉父亲自己要在老家种地的时候，老人眼神里的惋惜和不解。如今，他终于可以自豪地站在讲台上，骄傲地对着摄像机，挺起胸膛露出自信的微笑。

"习近平总书记指出，要推动人才、土地、资本等要素在城乡间双向流动和平等交换，激活乡村振兴内生活力，重点扶持家庭农场。这话真是说到了新型职业农民的心坎上了。"在观看完党的二十大开幕直播之后，黄磊发出这样的感慨。党的二十大提出乡村振兴战略，激发了黄磊的干劲。海阔凭鱼跃，天高任鸟飞，在未来广阔的农村，黄磊期待自己能有一番更大的作为。

第十章

韩永茂
爱研究种菜的"农艺教授"

　　蔬菜大棚里，韩永茂正和新来的技术工人一起，研究如何提前防治病虫害。大棚里蔬菜正生机勃勃地成长。望着这些长势喜人的蔬菜苗，韩永茂露出了满意的微笑。伺弄这些蔬菜，对他而言可是最拿手的本领。他期待着几个月后，这些蔬菜能让他获得满意的收获。

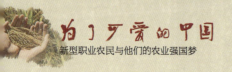

韩永茂在察看蔬菜幼苗长势

　　韩永茂，1968 年 11 月出生在北京延庆区井庄镇艾官营村的一个普通农民家庭，1988 年毕业于延庆区农技校蔬菜专业，中专文化。

　　韩永茂一直从事蔬菜种植、生产、加工等相关工作 40 余年，以梦为犁，乐此不疲。走科技之路，带乡亲致富。他先后引进蔬菜优良品种 800 多个，参与新技术试验示范 180 多项，推广种植面积约 18 万亩；与中国农科院、北京市农林科学院、北京市农业技术推广站等单位合作开展科研项目 50 余项。韩永茂曾获得"北京市高级实用人才""京郊农业好把式""第五批全国农村创业创新优秀带头人"等荣誉称号。2021 年，北京市农业技术人员职称评审结果揭晓，韩永茂作为职业农民获得了正高级职称。

耳濡目染　从小务农

　　1968 年冬天，韩永茂出生在京郊延庆区井庄镇艾官营村。那是一个不大的小村落，100 多户人家，几百名村民。韩家的祖祖辈辈都是农民，到了韩永茂的父母这一代，他们有机会学了医，成了赤脚医生。

20 世纪 70 年代，全国处在"农业学大寨"的高潮中。农民每天都要按时到生产队出工。生产队每天记工分，男人为 10 分，女人为 5 分。母亲为了照顾家，在本村当赤脚医生，父亲则外出从医。父母不能全力投入生产队的劳作中，虽说每月要给队里"交积累"，但得了闲也要去队里劳动，而韩永茂则渐渐成了家中的男劳力。

那时的农业耕作还处于肩挑、人扛、牛耕的年代。为了有个好收成，农民们没有节假日，没有礼拜天，要没白天没黑夜地干，当真是"面朝黄土背朝天，一身力气百身汗"。

从记事起，韩永茂就挑起了生活和劳作的重担。七八岁时，韩永茂放学了，把书包往家一放，就挎上筐子，去河套沟子里、田地里，给猪、羊割草。"我们最喜欢割的草是毛娃儿草，割这种草不用镰刀，拔就行了。"韩永茂说，"这种草的根扎土很浅，很容易就能拽出来，一拔就是一大把，只要运气好，一下午就能拔几大筐。"

等到 15 岁，韩永茂就开始到生产队挣工分了。每到周日、农忙假或寒暑假，他便辗转于生产队的田间地头、坡坡坎坎。播种、耕地、薅草、收麦，起土豆，刨红薯，日出而作，日落而歇。起初每天挣得的工分是劳力的三四成，后来增到六七成。

每天从地里回来时，不仅满身的臭汗和泥土，还有大大小小的伤痕。大人们都忙着耕作，他学习使用农具也是靠自己边看边琢磨，无师自通。刚开始使用锄头时，他还没有锄头高，这个大家伙在他手里怎么都不听使唤，腿上被刨得直流血。没有多久，锄头、镐头、镰刀他都用得熟练自如，但身上的伤疤还是不断，有些是被庄稼划伤的，有些是被农具磨破的，直到手上磨出了一层厚厚的茧子。自己受伤倒不打紧，韩永茂最怕农具"受伤"。因为农具是属于生产队的，干完活儿还农具时，如果发现农具坏了，少不得一顿解释。韩永茂说："如果是自然坏的呢，也得挨大人几个白眼儿；要是故意损坏的，那就得挨顿揍了。那会儿买一把镰刀得多少钱啊，壮劳力好几天的工分都赔不起。"所以，他对农具都格外爱惜，宁肯自己受伤，也舍不得农具"受伤"。

韩永茂说："我生来就是农民，我血管里流的是农民的血。"春天时，他没有心情去欣赏美丽的春光，只关心节气与天气。夏天时，他的身体被毒辣的太阳晒得黝黑发亮，汗水流个不停。秋天时，他来不及享受丰收的喜悦，只是没白天没黑夜地干，将地里的粮食颗粒归仓。冬天里天寒地冻，他也不愿猫在家里熬日子，只要天气允许，总是去田野里转转。小小年纪的他就像和土地打了半辈子交道的庄稼汉，只有看见地里的庄稼葱郁，心里才踏实。他没有任何怨言，农民就该种地，这是千古不变的"真理"。农民就认这个理，没有一丝矫情。"那时的我们没有业余生活，哪里像现在，还可以打麻将呀，玩儿扑克牌，打乒乓球呀，看电影呀，我们那时候没什么兴趣和爱好，只知道帮家里干活，因为没有吃的就要挨饿。"在韩永茂的记忆里，没有过太多挨饿的经历，但是却一直吃不上绿叶蔬菜。这也是他后来从事蔬菜种植的原因。

春来秋往，四季轮回。在靠天吃饭的日子里，农民赶上个好年景，就能有个好收成。正所谓，一分耕耘一分收获。学习也是如此。韩永茂在庄稼地里是一把好手，在学习上却并不见起色。父亲一直教导他："知识可以改变命运。学习是通往世界的光明大道，这是永恒不变的真理。你现在吃不了学习的苦，将来就受生活的累。"中学毕业后，同学们有的通过上学改变了自己的命运，不再是农民；有的从学校回到了家里，接过父辈手中的锄头，在那一亩三分地上开始自己的生活。此时，韩永茂的眼前一片茫然："我没有什么抱负、理想，只知道从此正式成了生产队的一员。"

技术为先　刻苦钻研

此后，由于家人还是想让他学习一些新的农业技术，因此他最后进入了中专学校学习。至于为什么要选蔬菜专业。韩永茂的想法很纯粹：农民嘛，起码学的这个东西得能用上。

那是20世纪70年代末80年代初，老百姓解决了温饱问题，日子比从前好过多了，生活有了保障，副食品基本上也能满足日常所需。自由市场上的鸡、鸭、鱼、肉也都开放了，只要你手里有点儿零花钱就可以买到。蔬菜作为餐桌上必备的食材，当然不可或缺。"我们小时候吃不到绿叶蔬菜，到冬天就是土豆、萝卜、胡萝卜、大白菜。那会儿吃到一颗芹菜，都是非常幸福的感觉。"韩永茂说，"那时候常想，要是顿顿都能吃上新鲜蔬菜，那才叫真正的好日子。"

没有什么大理想、大志向，让这个和土地打了10多年交道的农民后代，执着于继续做农民。

1988年，毕业后的韩永茂在延庆县蔬菜公司做技术员，从事蔬菜种子生产和蔬菜栽培技术试验研究与推广工作。1995年，他又到延庆区延庆镇广积屯村当蔬菜生产经营技术员。

20岁成为职业农民时韩永茂还是个帅小伙儿，多年的农事工作，让他长成了黝黑的汉子。眼瞅着身边的年轻人三三两两到城里打工，韩永茂却不为所动。为什么人们都不愿意当农民？当农民太辛苦！"晴天一身汗，雨天一身泥。一个汗珠子掉地上摔八瓣儿，却不知道这些辛苦能换回什么东西。大部分时候还是要靠天吃饭。"韩永茂太知道长年累月的辛苦了，但他认死理儿，都不当农民，这地谁种？没人种地，中国人吃什么？

种地，还要把地种好！凭着这一股子不服输的劲头儿，韩永茂在长期的蔬菜生产实践中，不断探索积累专业技术。同时通过自学，他了解掌握了蔬菜品种选择、栽培、植保、田间管理及企业经营管理等科技知识。

韩永茂前往南方考察学习

2009年，韩永茂成立了北京茂源广发农业发展有限公司。2010年，他又创办了北京茂源广发种植专业合作社，任理事长和技术总监。

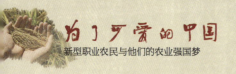
积极充电　深耕农业

　　我国幅员辽阔，人口众多，人均占有土地资源较少。怎么才能逐年提高蔬菜产量，是韩永茂一直琢磨的问题。他从蔬菜生产的实际出发，结合蔬菜品种特性，科学安排茬口，合理轮作，高效利用季节周期性，探究蔬菜高效种植新模式，提高土地利用率，提高复种指数，一地多种、一地多收，提高单位面积产量。

　　让韩永茂没想到的是，自己上学的时候对学习没兴趣，从事了蔬菜行业后，却学起来没完没了。蔬菜种植，太需要新技术了。让他欣喜的是，这些新技术能实实在在地解决他遇到的各种难题。一开始他自己埋头琢磨、实验，后来开始找书、看报，还学会了上网查资料，后来，他开始到全国各地四处取经，拜师学艺。广积屯村村民有种植辣椒的传统，而且也掌握了一定的技术。1990年后，西方美食传入中国，随着各项国际活动在中国的举办，一些国外的蔬菜食材成了特菜，种植技术要求严格，价格高，收益大，是农民增收致富的好路径。2008年，镇政府和村委会决定建大棚，引领村民种特菜"彩椒"增收致富，可是技术上有

韩永茂带村民参加第十三届中国（寿光）国际蔬菜科技博览会

些问题。韩永茂为解决品种和技术上的问题，走访专家教授，拜访专业团队，结交了瑞克斯旺种子公司、先正达种子公司、海泽拉种子公司及国内的不少种子公司，解决了种子和品种问题；又带领村民去河北、山东、内蒙古等地学习先进技术，使"彩椒"成了当地农民增收致富的支柱产业。

　　2010年9月，韩永茂被聘为"延庆镇全科农技员"。"我感觉责任更大了，自己更应该好好学技术，实实在在给农民解决问题。"于是他更加积极地参加新品种、新技术、新模式、新经营理念等各种专题培训，提升专业理论水平，使自己由一名普通技术人员逐步成为农民增收致富的科技带头人。下面这张表是韩永茂近10年参加的部分培训课程。

毕业时间	培训内容	学习课时	毕业证颁发机构
2011年1月7日	北京果类蔬菜创新团队延庆综合试验站农民辅导员培训班		北京市延庆县植物保护站
2011年8月5日	农村专业合作社培训班	16课时	北京市农民科技教育培训中心
2012年3月27日	农业技术指导员三级		职业技能鉴定中心
2012年5月23日	农民专业合作社运营	30课时	北京市农民科技教育培训中心
2013年6月7日	北京市优秀全科农技高级研修班	200课时	北京市农民科技教育培训中心
2015年3月27日	延庆县高级农村实用人才培训班		北京农学院
2020年11月	参加2020年延庆区高素质农民培训班	120课时	北京市延庆区职业技术教育中心
2020年12月20日	延庆区百名农业领军人物培育优秀学员		北京市农林科学院

　　参加培训后，韩永茂不仅收获了知识和技术，还让他开阔了视野，见识到了京郊以外的蔬菜世界。小时候生长在北方，只知道那么几样常见的蔬菜，10个指头就能数得过来。后来学习了蔬菜专业，让他知道了成百上千种蔬菜。这些蔬菜起初只是在书本中看到，后来他渐渐把它们种到了自己的蔬菜基地里。经过多年的学习和经营，他已经成了镇上的蔬菜"专家"，附近的农民有啥关于蔬菜种植

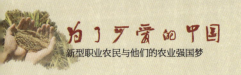

的问题，先来请教他。可是越是参加培训，韩永茂越是发现——这蔬菜世界真的是学无止境。

韩永茂前往蔬菜基地观摩

为了提高自身技术水平，韩永茂每天安排两小时固定学习农业科技知识，抓住每一个机会，在会议和培训班上与专家、教授探讨问题。

参加培训，还让韩永茂结交了山东、山西、河北、内蒙古、东北三省、上海、浙江、海南等全国各地的朋友，他们互通有无，互相帮助，互相合作。以前在种植蔬菜过程中，遇到困难求助上级，找科研部门，实在不行就自己"瞎琢磨"。现在好了，几个电话打过去，五湖四海的朋友提供的专业指导和锦囊妙计就来了。

有一次，一个山东的商贩来当地收菜，因为找不到场地，再加上当时村子附近根本没有宾馆，商贩很是为难。韩永茂得知此事后，主动邀请他来自己家里住，免费为他提供一日三餐，还把自己用来收菜的秤借给对方使用。两个人因此成了极其要好的朋友。

有一次，韩永茂和乡亲们到山东参观学习，对方热情地招待了他和乡亲们。那场景就像双方走亲戚一样。

种植地进行蔬菜交易现场

韩永茂不断尝试各种蔬菜的种植方法，并将成功的经验发扬光大，附近的菜农都来他这里学习新技术、新模式。这些种植模式不仅充分挖掘了光、热、水、土地资源的生产潜力，还增强了蔬菜的抗风险能力，达到了增产增收的目的。

因为种出的蔬菜产量高、品质好，韩永茂成了延庆区蔬菜种植的佼佼者，入选延庆区百名农业领军人物。除了加强与高校专家的交流学习外，他还在指导农户种好蔬菜上投入了很多精力。有人说"教会徒弟，饿死师傅"。韩永茂可不这么认为，他说："他们也是农民，我自己生活好了，看不了他们受穷，有能力必须帮助乡亲们。"

寻找优势 增设品种

在市场竞争中，韩永茂一直努力挖掘自身潜力和优势，探索致富之路。

蔬菜产量上去了，效益增加了，韩永茂又开始在品种上下功夫，并将蔬菜的实用性和观赏性融为一体。2010 年，一个偶然机会，他学习到可以将蔬菜放在盆栽里种植的技术，而且很多盆栽蔬菜种起来很好看。有了这个想法，韩永茂马上行动起来。他找来进口种子，进行种植。"当时这种盆栽在北京地区没有，种子要从国外进口，相对于普通蔬菜的成本也要高一些，不过利润也比传统大棚蔬菜高出不少。"韩永茂说，"虽然有风险，但是收益也可观。"以一盆40元计算，一个大棚的蔬菜就可以卖到8万元左右，扣除成本也有近3万元的利润，是传统蔬菜大棚收入的3倍多。

培育新品种盆栽蔬菜

盆栽蔬菜的成长周期要比普通蔬菜短1—2个月，只需4个月即可上市销售，而且这种盆栽蔬菜的产量也比较高，口味与传统方法种植的蔬菜没有区别，可谓观赏、品尝两不误。"大家都说是我聪明，其实我只是爱多想想，没有其他过人之处。"韩永茂说，"很多东西就是怕琢磨，只要肯动脑筋多想想，'金点子'自然就出来了，而在当下这个新时代，想当好新农民，不但要动手，也要爱动脑，有想法的劳动才会更有成就感。"

辣椒、西红柿、茄子和飞碟瓜，这些以往只能种在菜地里的蔬菜，被韩永茂种到了花盆里，成了漂亮的盆栽蔬菜。也是因为这个创意，韩永茂才有了"金点子"的称号。在他的种植大棚里有各种各样的盆栽蔬菜，淡黄色的西红柿、30厘米长的辣椒、灯笼一样的茄子和黄黑相间的飞碟瓜等10余个品

新蔬菜品种盆栽飞碟瓜

种都生机勃勃。这些盆栽一旦成熟，就会被订货商买走，根本不愁销路。

凭着活跃的思维和敏锐的洞察力，韩永茂在市场上一直努力寻找着自己的优势，坚持创新并坚守品质，奉行"人无我有，人有我优，人优我新"的经营理念。

新蔬菜品种盆栽西红柿

2013 年前后，他又带领乡亲们种起了彩椒，挣起了外国人的钱。

在他的大棚里，除了红的、黄的和绿的彩椒，还有白色和紫色的彩椒。在此之前，韩永茂种的彩椒品种在市场上普及之后，就再也卖不出什么新意了。于是他从国外引进了这个新品种，颜色艳丽、口感如同水果一般的彩椒。经过技术创新，新品种彩椒可以从 5 月到 11 月无限生长，随摘随采。这些彩椒很受东亚、南亚各国的欢迎，韩永茂带领农民们把刚刚采摘下来的彩椒装箱、装车，几天后，它们就会出现在韩国、新加坡、日本等国家居民的餐桌上了。韩永茂说，那两年，全村 2100 多亩地，80% 种的都是彩椒，人均收入近 1.3 万元。

食品安全　绿色蔬菜

看似一路顺风顺水，其实在韩永茂的农业生涯中，他遇到的困难也是一个接一个。"缺资金，缺技术，缺设备，缺优良品种，缺人手，缺销路……可以说每天都面临着困境。"韩永茂说。

其中，蔬菜滞销似乎成为一个普遍现象，当大家在分析研究其中的原因时，面积大、产量多是一个达成高度共识的主因。然而在说到为何如此时，不少人把这个原因归结到菜农身上，说农民在种植的时候，没有太多的想法，只是看到别人种什么，自己就种什么，跟风现象十分严重。其实菜农一直面临着三个问题，第一是种什么，第二是怎么种，第三是销往哪里。由于有多年丰富的蔬菜种植经验，对韩永茂来说，怎么种已经不是什么障碍，一个新品种即使第一次没种好，第二次也会掌握到方法。他面临的问题是种什么和销往哪里。

2014 年，由于合作社的西芹菜卖得相当不错，收购价能到每公斤 1.6 元左右，一个棚（0.6 亩地）就能卖到近 1.8 万元。所以，大家伙儿一高兴，加大了投入，2015 年韩永茂的合作社加上本村的其他村民，种了整整 100 多个棚的西芹菜。可没想到，不止他们村，当年各地兴起了西芹菜热，产量都很高。更让韩永茂着急的还有当年的天气，9 月正是西芹菜生长的时候，雨水过多，光照不足，结果是菜量虽然大，但个儿没长够。韩永茂他们种的西芹菜，翠绿欲滴、清香扑鼻，吃起来也是清脆可口，是做"西芹百合"的上好原料，可因为个头儿不够，这些西芹菜成了韩永茂心里的一个包袱。"一颗西芹菜应该有 2 斤多重，没达到 3 斤那个标准。"韩永茂说，原来的收购商一看成色不足就不要了。

11 月，眼瞅着大棚的西芹菜大量滞销，韩永茂急得焦头烂额，嘴上的火泡一个接一个。当年韩永茂的合作社西芹菜产量一共有 50 多万公斤。他在网上发布求助信息，找各地的菜农朋友帮忙，甚至寻求媒体帮助，这才零敲碎打地将这批西芹菜陆续出手。

韩永茂说，对于种什么，菜农确实存在着非常多的无奈和困难。有时对于他们来说：跟风种植反而风险小。

现在不少地方的蔬菜种植区域，菜农朋友已根据当地种植蔬菜的常规品种，因地制宜建设了不少设施。大家选择品种时，不是想变就能变的，品种接近还好，品种差别大的话，设施改变就会非常大。而且最关键的是，改变就一定能赚钱吗？谁也不敢保证。

另外，现在做什么都讲成行成市，即使在各个地方种植蔬菜，如果没有一定的规模，收货商是很难找上门的。如果你不跟风，要做标新立异，除非你自己有销售渠道，不然一个地方就几个人种那一点点面积，到时候卖给谁呀，不跟风能行吗？

即使身在互联网时代，但农业方面有价值的信息平台非常少，真实而有效的信息十分缺乏，可供参考的数据更少，所以很多菜农朋友在种植决策时，完全是两眼一摸黑，没有什么科学有效的根据。

而且做新品，种子难找，试种时间长，又没有经验积累，其实代价更大。所以别人种什么，自己种什么，反过来才是一个更加稳妥的方案。但跟风种植的弊端同样显而易见，"金点子"韩永茂是出了名的爱创新，当然不能总走老路。他说："市场经济下，不创新，就是等死。"

另辟蹊径，一路摸索，他遇到的困难同样是一个接着一个。

随着生活水平的提高，人们对餐桌上的食品安全越来越关注，对蔬菜的品质也提出了更高的要求，绿色、无污染、无公害的有机蔬菜越来越受人欢迎。在各大超市里，经过资质认证的蔬菜价格要比普通蔬菜高出一大截儿，却仍然十分畅销。

韩永茂想，自己身在北京郊区，地理条件得天独厚，更应该抓住时机大干一场。他想通过品种改良，把优质蔬菜做大、做多、做强。于是他和乡亲们种起了有机蔬菜。原本以为好东西就应该有好市场，让他始料未及的是，这个好市场是需要投入大量成本去培育的。

一边是市民对高品质蔬菜的强烈需求，一边是农民含辛茹苦种出的好蔬菜卖不上价。到底卡在哪儿了呢？韩永茂说是缺少渠道。由于普通蔬菜的收购商不会花高价收购优质蔬菜，他们最先想到的是让这些优质蔬菜直接进超市。"但是超市的门槛太高，一是进店费用，二是卖不了的蔬菜会再给返回来，返回来的蔬菜基本上就不能再次销售了，就等于砸手里了。"韩永茂说，他是菜农，不是经销商，这些费用他根本承担不了。他也想过给一些连锁酒店配送，但是因为他们种的品种不够丰富，饭店也不太愿意用。"咱们毕竟是蔬菜种植基地，不是菜市场，菜的品种受到了一定的局限。"韩永茂说。他还想过让优质蔬菜直接进社区，但是同样步履维艰。就这样几个回合下来没有结果。可总不能看着这些菜烂在地里吧，无奈之下，韩永茂他们只能自降身价。这样一来，种植优质蔬菜就再没什么利润可言了。

韩永茂想往前走，建渠道、打品牌，可是没资金。同时，他也无路可退，一旦后退，回归普通蔬菜种植，那么这几年优质蔬菜种植的技术、设备、经验和辛

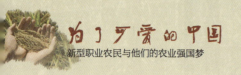
苦就要付诸东流。这一次的困难，又一次让他愁眉不展。

一天，他的基地里来了两个慕名而来的城里居民，他们听说这儿的菜又好又便宜，是专程过来的。他们不仅买了一车的好蔬菜，还为他打开了销售思路。城里居民说，你这菜虽然好，但是宣传不到位，别人根本不知道到哪儿去买。"菜场的菜他说优质，但你不知道那是不是真优质的，你就得让人家上你这儿来参观，参观完了，它确实是优质，你就能卖得了好价钱。"

后来，韩永茂加大了网上的宣传力度，让市民前来参观购买，同时又联系北京市植保站，希望他们能帮助他联系社区，直接让蔬菜进社区。韩永茂说："我们这儿可以是早晨天一亮就采摘，然后8点左右可以装车，然后10点可以到达社区。能让社区的市民在不出半天的时间吃到新鲜的蔬菜。"

就这样，他一点一点地打通了优质蔬菜的销售渠道，同时减少了中间环节，让菜农有钱可赚，同时又能让优质蔬菜以合理的价格走上老百姓的餐桌。

韩永茂感慨道："走到如今再看以前，才发现以前的困难全是小困难，不算困难。所以眼前碰到再难的坎儿，都有迈得过去的信心。"

科技助力　增产提质

往年，每逢4月底5月初是露地菜抢栽的农忙时节，菜农猫腰干上一天农活，多好人的身子骨也吃不消。从2017年开始，韩永茂的种植园就进行露地蔬菜生产全程机械化。如今韩永茂再也不用"脸朝黄土背朝天"了。他端坐在机器上，轻轻松松就把菜苗栽了。

在韩永茂的蔬菜种植基地里，撒施肥料、深松旋耕、移栽菜苗，直到蔬菜收获，都实现了机械化作业，菜农只需在个别环节进行干预。

以移栽菜苗的环节为例。拖拉机拖着移栽机，在菜田里往返耕作，菜农只需端坐在移栽机上，整理摆放好甘蓝菜苗就行。而在实现全程机械化生产前，韩永茂回忆起从前种地的景象说："往年这时节，要戴帽子、口罩，把脸遮得严严实实。大家都不愿意干，我们园区每年都因为找不到短工而发愁。这活儿不但累，而且效率不高。"

改变传统采用新型机械化作业种植收割蔬菜

再如，农民把到地里采收圆白菜叫"砍白菜"，一个"砍"字形象地描述了收获圆白菜的不易，农民得弯下腰拿着菜刀一刀一个地砍下来，费时又费力。从国外引进了甘蓝收获机后，韩永茂的北京茂源广发种植专业合作社采收圆白菜可省劲儿了。圆白菜采收时节，在他合作社的圆白菜地里，一台甘蓝收获机正在轻快地奔跑着，一颗颗圆白菜从收获机右端的传送带传送到工作平台上，平台上五六名工人熟练地切掉菜根，把圆白菜放到传送带上，直接传送到收获机左侧的蔬菜筐里。该机可以一次完成多项作业，包括切割、输送、清洗、装箱等步骤，极大地减轻了工人的劳动强度，提高了作业效率。

当年，韩永茂的合作社里圆白菜种植面积六七公顷，甘蓝收获机的引进大大减轻了工人的劳动强度。韩永茂介绍说，这台甘蓝收获机是延庆区农业机械化技术推广服务站从意大利引进的，收获的过程实现了全程卫星定位，自动驾驶机上的操作员只负责安全方面的事项。韩永茂说："通过这台农机的利用，减少了80%以上的人工，大大地减轻了劳动强度，提高了劳动效率。"

"在培训班学习时，我发现科技能够解决农业中很多难题。从那时候我就开始想，如果可以让机器代替农民来种地，一定能事半功倍。"终于，到2017年，韩永茂抓住了改革试点的机会，在园区中进行全机械化试点，引进了高科技自动化机械设备，用机械逐步代替了种植园找来的短工。他还对种植业内的工人进行培训，教会他们使用高科技设备。"我当时就想，只要有机会进步，咱们就要抓住搏一搏。"

目前，韩永茂的种植园里集成了激光平地、自动驾驶技术、指针式喷灌机、植保无人机、收获机等精准作业技术、装备，既省工又高产。

除此之外，他先后引进蔬菜优良品种800多个，参与新技术试验示范180多项，推广种植面积约18万亩；与中国农科院、北京市农业技术推广站等单位合作开展科研项目50余项；被授予"北京市高级农村实用人才"等荣誉称号12个。其创办的合作社被评为国家级农民合作示范社，是农业农

韩永茂试驾新拖拉机耕地

村部首批蔬菜标准化生产园、北京市首批集约化蔬菜育苗场，年生产优质绿色蔬菜2200吨，每年带动600多名农民增收60余万元。

在韩永茂心里，每一株蔬菜都像他的孩子一样。过去要种好蔬菜需一株一株地去看、去闻、去摸，一天要去看蔬菜几遍，掌握它们的一切动向。韩永茂说："养孩子的话，他渴了、饿了、身体上哪儿不舒服，孩子会说。可植物不会说话，只能用一些生理现象表达，如果你发现及时，就可以及时采取措施。如果你不能及时发现，也许病虫害第二天就严重了，第三天植株就死了。"

随着科技水平的不断提升，科技创新与现代农业紧密融合，越来越多的新技术、新产品、新装备被韩永茂应用到自己的合作社里，为其现代农业产业发展按下"快进键"，为高质量绿色发展赋能提速。

在一个采用无土栽培技术的西红柿温室里，智能传感器随时监测温室内的湿度、温度、光照、空气条件和西红柿生长状态，精确定量和控制每颗西红柿生长所需的水和营养物质，而且还隔绝了外界病虫害的威胁。过去大田里4个月就得换茬的西红柿，在这个温室里能连着收20多个月。韩永茂介绍说，一个大棚2.4亩地，产了12万多斤的西红市。温室里的环境被智能设备控制在了最

适合西红柿生长的环境，而精确数据的背后是韩永茂多年的种地经验，也就是说，他把自己的经验数字化了。

如今各种检测仪和传感器成了韩永茂的眼睛、鼻子、耳朵和手，再加上自己丰富的经验，生产效率大幅度提高。通过这个装置，把每天的追肥量和追肥次数都可以设置好一个程序，可谓"一劳永逸"。

疫情防控　保障供应

2020 年 6 月，北京连续出现新增新冠肺炎确诊病例，北京新发地农产品批发市场也暂时休市，全市生活必需品市场供应情况因此备受关注。对此，延庆区有关部门严格按照相关工作部署要求，积极协调市场资源，加大蔬菜市场供给。在疫情防控的关键时期，韩永茂的北京茂源广发农业发展有限公司成为保障北京"菜篮子"的重要后盾之一。

当时，韩永茂的合作社共有 100 多个种植棚，蔬菜 10 余种，每天产量能达到 1.5 吨左右。"为保障蔬菜供应充足，除了合作社自产蔬菜外，我们还专门从外埠合作的基地调运了洋葱、土豆、葱、姜、蒜等 50 余种蔬菜和水果，满足市民日常需求。"韩永茂说，"每天直接采收的新鲜蔬果，都会送到包装工厂，在检测合格后，经过净菜加工、包装、装车流程，配送到延庆本地超市，价格也保持不变。"

出于防疫考虑，基地采取封闭式管理，进入大棚采收的人只能有 1—2 名，在采收、加工任务增大的情况下，合作社一直加班赶时，保障供应。

为了方便市民足不出户吃上新鲜蔬菜，韩永茂的合作社还开通网上售菜平台。在鲜菜保持价格平稳的情况下，借助互联网，市民从下单到收到蔬菜，最快只需 28 个小时。韩永茂说，市民在中午 12 点前下单，订单会在下午送到种植户手上，采收的鲜菜当天入库；次日上午，经过检测合格后，蔬菜进入分装车间，进行净菜加工，去除老叶、泥根的蔬菜被包裹在保鲜膜里；下午装车，通过"农邮通"的配送渠道，运往市区。借助互联网订单系统和"农邮通"配送网络，市

民可以足不出户，吃上安全放心的蔬菜和果品。

延庆种植合作社使用的"农邮通"，是2017年由延庆区农业农村局与中国邮政集团延庆分公司实施的合作项目，这是一项打通农产品从田间到餐桌"最后一公里"的便民服务，压缩了农产品从地头到餐桌的时间，为种植户和市民带去了实惠。

北京疫情防控期间，韩永茂的合作社每天配送量在3吨左右，包括茄果类、根茎类、叶菜类、菌类等40余个品种，另外还有苹果、梨及杂粮等延庆地区出产的优质农产品，为切实保障北京"菜篮子"作出了贡献。

农艺教授　再赋新篇

农民是埋在泥土里的根，他们没有怨言，因为他们是农民。只有脚下的土地知道他们的付出，并努力回报他们的辛苦。

根据国家统计局2021年5月发布的第七次人口普查数据，全国14.1亿人，住在城镇里的有9亿人，占64%；住在乡村的有5.1亿人，占36%。时至今日，就算农村人口占比下降到了36%，依然有5.1亿人在农村生活。

韩永茂说他赶上好时代、好政策、好社会，所以自己虽然是一个小农民，却依然存有大志向。谈及对目前我国农业发展的看法，他总结了9个字：大农业、大农村、小农民。这或许是他的自谦，也或许是他对现实生活中农民地位的切身感受。

参与蔬菜种植产销会

韩永茂说改革开放初期，男劳动力都外出打工，在地里忙活的都是妇女和儿童。现在的农村，大都是五六十岁，甚至是六七十岁的老年人在收拾土地。韩永茂说："年轻农民招不到，年岁长的农民，他们精力和体力跟不上，让他们掌握技术方面这些东西也不行。"他希望更多的年轻人从事农业，让农业充满朝气。

韩永茂说的是事实。2022年1月，国家统计局发布最新数据：2021年人口净增长为48万。在我国从事农业劳动的一线劳动力普遍年龄在55岁至60岁，"80后"农民占比不足5%。

韩永茂获评正高级农业技术推广研究员

2022年初，经过北京市农业技术系列职称评委会综合评价和社会公示，2021年北京市农业技术人员职称评审结果揭晓，最引人注目的是有9名职业农民获得了职称，其中6人获评高级职称，3人获评中级职称。韩永茂就是这次获得高级职称的职业农民之一。这个既爱动手更爱动脑的职业农民，他成功被评上了农业技术推广研究员，获得正高级职称。韩永茂说："能被评上农业技术推广研究员，成为'农艺教授'，感觉咱农民得到了社会的认可与尊重，干劲也更足了！同时，我感觉责任更大了，自己更应该好好学技术，实实在在给农民解决问题。"

"我们希望国家能培养出更多懂农业、爱农业的优秀人才，把我们的特色农业做大、做强，带动我们农民增收致富。"韩永茂说，"有朝一日，农民也可以是令人骄傲的职业。"

后　记

　　中国是农业大国，如今正朝着建设农业强国的目标勠力前行。我们国家从站起来、富起来到强起来，亿万农民作出了不可估量的贡献。因此，"为了可爱的中国"系列篇中，农民专题不可或缺。2021年至2022年，《为了可爱的中国：党员知识分子的初心与使命》和《为了可爱的中国：大国工匠的匠心与使命》两书相继出版后，此书更是加紧筹备。但由于农民所从事的生产领域极为广泛，农业种类繁多，在全国范围内找到具有典型意义的写作对象一度成为选题的难点。经与农业农村部和农科类院校专家交流，决定将此书聚焦于新型职业农民。现代农业已经不是封闭的自给自足的农业，而是开放的农业，对农民素质提出了更高的要求，新时代需要新型职业农民。

　　农业农村部自2014年启动了"全国十佳农民"资助项目，到2024年刚好10年。"全国十佳农民"是新型职业农民的带头人，是现代农业生产的排头兵，是农村改革创新的先行者。其遴选范围定位于从事现代农业的新型职业农民，各省、自治区、直辖市及新疆生产建设兵团按照指标向农业农村部推荐人选，农业农村部根据相关标准进行评选。这为此书确定范围提供了重要依据。综合考虑各省（自治区、直辖市）的主要农作物种类和地域性，根据历届"全国十佳农民"名单，初步选定写作对象后，征求了相关农业专家的意见，最后确定了本书呈现给读者的10位新型职业农民名单。

他们的年龄结构由"50后"至"90后"，地域覆盖东西南北中，从业领域多元，包括种植、养殖、农业电商服务等，在他们的身上，无一例外地展现出吃苦耐劳、勇于挑战、敢为人先的鲜明品格。通过同他们的多次交流，我对他们所从事的农业生产有了更多的认识。第一，他们所从事的产业立体多元融合。第二，他们的生产经营方式向精细化转变。第三，他们与政府、科研部门全面对接，越来越多的新型职业农民开始采用"政府＋科研＋企业＋农户"的运作方式，赋能"休闲农业＋"，助力乡村振兴。第四，他们的观念在发生着深刻变化。

习近平总书记指出："中国人的饭碗任何时候都要牢牢端在自己手中，我们的饭碗应该主要装中国粮。"我们必须未雨绸缪，真正让一系列制度安排和政策及时跟进，全方位做好引领、聚集各方面力量，通过引导优秀人才进入农村、大力发展农民教育培训事业等，着力培养新型职业农民。随着各地农业项目及培训工作的推进，将有更多的新型职业农民投身农业强国新征程。届时，"谁来种地"的现实难题和"怎么种地"的深层问题也将得到解决。

本书付梓之际，心中满怀感激。感谢本书10位新型职业农民，他们克服了各种困难，甚至在农忙季节，把自己能找到的照片都找了出来，把自己的故事讲给大家听。我向他们学到了很多农业知识，更是切身感受到了新型职业农民"爱农业、懂技术、善经营"的鲜明特征。感谢民盟北京市委副主委、北京市政协农业农村委主任李成贵研究员，民盟中国农业大学委员会原主委赵兴波和现任主委孟庆勇教授，中国农业大学宋建农教授和袁小艳副教授，中国农业科学院刘伟老师和北京市农林科学院成果转化与推广处处长秦向阳研究员，他们在地域、农作物种类的选择和新型职业农民代表的选择方面提供了很多指导与帮助。

感谢中国民主法制出版社抱着传播新时代新农业新农人文化的热心，

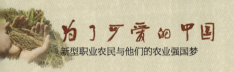
新型职业农民与他们的农业强国梦

资助出版此书；感谢为本书的编辑出版发行付出辛勤劳动的相关人员；感谢志同道合的朋友们的支持与鼓励；感谢我的家人，你们是我坚强的后盾……以上致谢，难免挂一漏万，但真心感谢每一位对此书作出贡献的老师和朋友！

由于水平有限，本书疏漏之处在所难免，恳请专家、学者及同行们批评指正。

方鸿琴

2023 年 10 月